AF359949

BARBEY D'AUREVILLY

Barbey d'Aurevilly

AVANT-PROPOS

A l'heure où cette grande figure de l'écrivain normand
semble sortir d'un injuste oubli, où l'on célèbre avec éclat
son centenaire, le Pays Bas-Normand a à cœur, lui aussi,
d'honorer la mémoire d'un des enfants de la Normandie qui
ont le plus aimé sa province et qui l'ont le plus illustrée. La
justice immanente a donc de ces retours, puisque la renommée vient trouver Barbey d'Aurevilly dans sa tombe, lui qui
n'avait pas été apprécié par ses contemporains comme le
comportait sa valeur d'artiste, de psychologue, de styliste
incomparable et qui n'avait été goûté, de son vivant, que
par quelques raffinés des lettres. Il avait subi le sort de tant
de génies méconnus, de ces artistes qu'on peut citer si nombreux, qui ne pouvaient vivre de leurs œuvres, achetées
aujourd'hui au poids de l'or. Mais ce qui est beau, comme ce
qui est bien, ne saurait périr et, tôt ou tard, l'esprit humain,
qui a pu être obscurci par des préventions, dont le jugement
a pu être faussé par les luttes de personnalités et les rivalités
de partis, sait se ressaisir quand les causes de ses erreurs se
sont fondues dans la brume du passé, et discerner la beauté
d'œuvres qui élèvent réellement l'humanité parce qu'elles
appartiennent à tous les temps.

L'œuvre de Barbey d'Aurevilly est de celles-là. Les injustices commises ont déjà été réparées par les critiques les plus autorisés qui font autorité dans le monde des lettres et il est peut-être audacieux de vouloir ajouter à leurs travaux. Mais n'est-ce pas répondre au vœu de ses compatriotes que de chercher à mettre plus particulièrement en relief l'influence que la Normandie a eue sur les pensées, sur le caractère, sur l'œuvre littéraire de l'écrivain, de montrer ce qu'il doit à sa province natale, à l'amour filial dont il l'a entourée et aussi ce qu'elle lui doit par le renom qu'il a donné, dans d'admirables pages, aux paysages, aux caractères, aux mœurs de son pays, fleurs de la gloire qu'il a jetées à pleines mains, — *lilia manibus plenis* — aux pieds de la Normandie qui n'a pas su les ramasser de son temps, mais dont tous les Normands, *mieux avisés,* peuvent prendre aujourd'hui leur part !

Ce sera principalement l'objet de cette étude.

La Normandie n'était-elle pas la préoccupation maîtresse de Barbey d'Aurevilly, et n'a-t-il pas écrit dans toute la maturité de son génie : « Romans, impressions écrites, sou - « venirs, travaux, tout doit être normand pour moi et se « rattacher à la Normandie ! »

CHAPITRE PREMIER

Les Paysages Normands

C'est déjà la Normandie qui a inspiré à Barbey d'Aurevilly la description de ces paysages qui font l'un des principaux charmes de ses livres. Quel peintre n'eût-il pas fait s'il n'avait pas été un grand écrivain et quel sentiment exquis de la nature se dégage de sa plume qui est un vrai pinceau ! On sent que les impressions d'enfance, celles du pays natal, les souvenirs de cette belle et luxuriante nature des campagnes normandes, au milieu desquelles il se développa, eurent une grande influence sur son esprit. Mais son style n'aurait peut-être pas revêtu cet éclat et ce charme pénétrant s'il n'avait pas eu à décrire ce pays normand qui enchante, sans les lasser, non seulement ceux qui l'habitent, mais aussi les étrangers qui en sont les visiteurs d'un jour, « cette terre qui a des griffes pour retenir qui la touche, car qui la touche ne peut s'en détacher. »

Il aimait à revenir dans cette ville de Valognes où il retrouvait ses premières impressions, celles qui mordent le plus profondément sur l'âme humaine, à s'y promener entouré de ses fantômes. Dans *une Page d'histoire*, il l'appelle la ville de ses spectres. « C'est pour justifier, écrit-il, un amour incompréhensible auprès de mes amis qui me reprochent de l'habiter et qui s'en étonnent. Ce sont en effet les spectres de mon passé évanoui qui m'attachent si étrangement à elle. Sans ses revenants, je n'y reviendrais pas !

Que de fois, de rares passants m'ont rencontré faisant ma mélancolique randonnée dans les rues mortes de cette ville morte, qui a la beauté blême des sépulcres, et m'ont cru seul quand je ne l'étais pas !

J'avais autour de moi tout un monde, — tout un monde de défunts sortant, comme de leurs tombes, des pavés sur lesquels je marchais, et qui, groupe funèbre, me faisaient obstinément cortège. Ils se pressaient à mes deux coudes et je les voyais avec leurs figures reconnues, aussi nettement, aussi lucidement qu'Hamlet voyait le fantôme de son père sur la plate-forme d'Elseneur. »

Soit que Barbey d'Aurevilly peigne Valognes « cette petite ville la plus profondément et la plus férocement aristocratique de France » avec ses vieux hôtels, ses rues désertes et mornes, son clocher pointu comme une aiguille et vitré comme une lanterne, soit qu'il nous montre le chevalier des Touches porté sur sa barque légère, disparaissant entre deux vagues pour reparaître comme un oiseau marin qui plonge en volant et se relève en secouant ses ailes sur la Manche, la mer verte comme un herbage dont les brumes seraient la rosée, soit encore qu'il nous promène, dans l'*Ensorcelée*, à travers la lande de Lessay, cette solitude si désolée, où ne croissent que quelques bruyères, oasis aride au milieu du fertile Cotentin, théâtre des apparitions et des revenants, il a toujours l'expression juste pour nous représenter la nature sous son aspect le plus poétique.

Qu'on en juge par ce qu'il dit des landes dont il vante le charme bizarre et profond par lequel elles saisissent les yeux et le cœur. « Il n'y a peut-être que les paysages maritimes, la mer et ses grèves qui aient un caractère aussi expressif et qui vous émeuvent davantage. Elles sont comme les lambeaux laissés sur le sol d'une poésie primitive et sauvage que la main et la herse de l'homme ont déchirée. Haillons sacrés qui disparaîtront au premier jour sous le souffle de l'industrialisme moderne ; car notre époque, grossièrement matérialiste et utilitaire, a pour prétention de faire disparaître toute espèce de friches et de broussailles aussi bien du globe que de l'âme humaine. » Et Barbey d'Aurevilly se plaint que « dans une société qui radote de ses lumières, on ne comprenne plus les divines ignorances de l'esprit qu'on veut échanger contre de nombreuses connaissances toujours incomplètes » : il prévoit que, dans quelques années, on ne pourra plus trouver « un pauvre bout de lande où l'imagination vienne poser son pied pour rêver. » S'il assistait aussi au déboisement de notre Bocage auquel une rage destructive enlève chaque jour ses plus beaux arbres, il pourrait dans sa langue imagée renouveler les invectives de Ronsard contre ces nouveaux bûcherons de la forêt de Gastine.

Il nous a peint la Normandie sous ses aspects si variés. La lande, les herbages, la mer, les bois, les étangs, les saisons ont fait l'objet des études de ce paysagiste incomparable. Il semble avoir pris plaisir à nous promener dans ses romans au milieu de toutes les beautés du pays qui lui était cher.

Il aime la mer comme les premiers Normands, ses ancêtres, « qui vinrent conquérir, sur de légères barques d'osier, le sol dans lequel ils ont mordu comme une ancre qui ne doit plus jamais se lever. La mer n'était pour eux qu'une grande route audacieusement suivie vers des proies et des pillages inconnus, flairés de loin par ces fiers marins, avec leur instinct de pirates. »

Il aime la mer même dans un paysage hivernal. « les hurlements du vent du nord dans les brisants de la falaise, le flagellement de la vitre sous la pluie qui fume ou le silence de la neige qui tombe en paix des sommets du ciel, comme le duvet d'un cygne plumé par une main cachée dans les nues. » Il peint les nuits d'un hiver rigoureux sur une plage d'un calme morne, d'un silence profond. L'air y est fin et piquant et « cette nature attristée et muette est comme une main de glace qui se pose sur votre cœur. »

Avec quel éclat de style nous présente-t-il les produits de cette mer ! Quelle superbe nature morte que cette description « des turbots, plies, raies déployées comme des éventails, soles dont la chair tissée est ondée comme la mer elle-même ; lançons qu'on pêche dans le sable ; rougets aux nageoires pâlement vermillonnées ; enfin l'honneur exquis des tables normandes, le surmulet, cette bécassine de la mer, pour la délicatesse, et dont le foie écrasé donne l'éclat de la pourpre tyrienne ; grande abondance de coquillages, le crabe qu'ils appellent le clopoint, le homard aux écailles d'un bleu profond, les crevettes de la couleur et de la transparence des perles, les vrelins, spirales vivantes dans leur carapace mystérieuse, enfin toutes les variétés de ces gibi rs de la mer. »

Après nous avoir peint l'hiver sur les côtes de la Manche, il nous le montre dans le fond des campagnes, quand le vent d'abat souffle sur les chaumières aux murs d'argile effondrés et aux toits de paille verts de mousse, accroupies au bord des routes. Le ciel est bas, d'un gris de plomb, sillonné de grandes nuées noires que l'ouragan pelotonne et emporte, de ce ciel immobile qui reste gris comme l'âme reste triste, lorsque les malheurs sont passés. On n'entend que le hurlement monotone du vent qui ressemble à celui des chiens quand ils pleurent, ventée qui n'emporte ni poussière ni feuillages, car il n'en reste ni aux chemins ni aux haies, et qui fait fermer les portes d'ordinaire ouvertes.

Mais après l'hiver, voici une description du soleil de midi dans *Un Prêtre marié*... « La chaleur était lourde. Le soleil, au plus haut point de sa course, dardait d'aplomb sur cette butte chauve, toute semblable à l'écaille rugueuse d'une vieille tortue. L'air embrasé paraissait blanc. La terre bouillait. Le soleil du dimanche planait sur ces campagnes accablées et dans cette somnolence du midi où les bœufs dorment dans l'ombre raccourcie des haies, on n'entendait que le bourdonnement aigu de la vêpe (comme ils nomment la guêpe en Normandie) ou le cri strident de la cigale dans le sillon. »

Il nous décrit ainsi un étang dans le même roman. Ce vaporeux château du Quesnay, au toit d'ardoises d'un bleu noir d'hirondelle, était assis et oublié, dans un bouquet de saules mouillés et entortillés par les crêpes blancs d'un brouillard éternel, sur les bords d'un étang qui, « de loin, sous sa mousse et son fucus verdâtre, ressemblait plus à une pièce de gazon qu'à une pièce d'eau. Cet étang fatal qui avait vu bien des drames s'enfonçait dans l'espace comme une avenue liquide à perte de vue, long, triste tel qu'un jour sans pain, disaient les mendiants du pays qui venaient s'asseoir sur ses rives. Avec sa couleur d'un vert mordoré, comme le dos de ses grenouilles, ses plaques de nénuphars jaunâtres, sa bordure hérissée de joncs, sa solitude hantée seulement par quelques sarcelles, sa barque à moitié submergée et pourrie, il avait pour tout le monde un aspect sinistre et même pour moi qui suis né entre deux marais typhoïdes, par un temps de pluie et qui tiens du canard sauvage pour l'amour des profondes rivières, au miroir glauque, des ciels gris et des petites pluies qui n'en finissent pas, au fond des horizons brumeux, nulle part je n'ai revu place d'eau plus tragique, ni dans la mer où Byron fait jeter, sous un pâle rayon de lune, le sac cousu dans lequel Leila palpite et va mourir pour le giaour, ni dans le canal Orfano, à Venise, cette affreuse oubliette. On s'y noyait très bien et très souvent à la brune. » Étaient-ce crimes, accidents ou suicides ? L'eau silencieuse et morne savait garder ses secrets.

C'est une nouvelle description du château de la Misère que nous fait Barbey d'Aurevilly en nous parlant de ce vieux château du Quesnay abandonné par ses maîtres ruinés.

« Sombreval, le nouvel acquéreur, semblait prendre

plaisir à voir l'état de délabrement de ce château dans
lequel il s'était senti si écrasé et si petit pendant son
enfance, quand il y venait avec son père vendre le gibier
tué sur son clos. Ce délabrement était affreux. Les tapisse-
ries déchirées pendaient le long de leurs lambris comme
des drapeaux qui semblaient pleurer leur défaite. Les
glaces encrassées de poussière et tachées ignoblement par
les mouches avaient du fond de leurs toiles d'araignées,
des reflets verdâtres et faux. Les plafonds s'écaillaient.
L'air humide de l'étang avait pénétré dans les apparte-
ments dont les fenêtres surplombaient la pièce d'eau et y
pourrissait les boiseries. Le vent jouait dans les ferrures
des fenêtres et faisait, par intervalles égaux, grincer en les
agaçant les persiennes. C'était enfin la poésie de la ruine
et de l'abandon.

« Il était temps que cela fût vendu, M. Sombreval,
dit Jacques Herpin (le fermier), fort peu sensible à cette
poésie, en lui montrant tout un panneau qui s'effondrait.
Rien ne tient plus ni à clou, ni à cheville ; et vous en aurez
pour de l'argent des réparations. » Sombreval ne répondait
pas. Il cognait contre les vieilles boiseries sculptées de
son bâton de houx et les bois vermoulus croulaient en
poussière impalpable. Il pensait que sans cet abandon,
sans cette ruine, le château du Quesnay ne fût pas tombé
de la main de ses anciens maîtres, comme un nid brisé,
dans sa main. »

Dans *Ce qui ne meurt pas*, Barbey d'Aurevilly nous transporte, comme si nous les avions sous nos yeux, dans les
vastes plaines herbeuses du Cotentin, la gloire de la Normandie, avec lesquelles rivalisent seuls les gras pâturages
du pays d'Auge.

« Ces anciens marais desséchés, que la Douve traverse,
en se tordant comme une longue anguille bleue, pour aller
languissamment se perdre, sous les ponts de Saint-Lô, dans
la Vire, offraient alors — en 1845 — le spectacle opulent

d'une étendue à perte de vue d'herbe pressée, tassée, presque touffue, où les bœufs qui paissaient en avaient jusqu'au ventre de cette herbe plantureusement foisonnante, sur le vert éclatant de laquelle ils se détachaient vigoureusement dans leurs diverses attitudes, soit dans la lente errance de leur pâture, le cou baissé, soit couchés sur le flanc, dans la somnolence de leur ruminement et de leur repos.

Ces herbages humides, coupés de place en place par d'étroits fossés d'alluvion qui mettaient une eau transparente d'opale dans leur fond d'émeraude, avaient aussi, stagnantes çà et là, de rondes mares d'eau pure qu'ils devaient autant aux pluies fréquentes de ce climat mouillé de l'Ouest qu'au sol primitivement spongieux et au voisinage de la Douve : et à quelques endroits, ces mares étaient même assez grandes pour faire de véritables lacs sillonnés de mille plis aux nuances frissonnantes et changeantes, selon le vent ou le ciel qu'il faisait..... Certainement, une des plus frappantes beautés de ce paysage de marais, c'étaient ces espèces de lacs nombreux qui, à l'automne et à l'hiver, prenaient des proportions grandioses, mais qui, à l'été, quoique diminués, ne disparaissaient pas entièrement et devenaient, sous le soleil, des semis de plaques métalliquement étincelantes et comme des îlots de lumière.... »

Ne donnerait-on pas *Ce qui ne meurt pas* tout entier, qui n'est pas le meilleur roman de Barbey d'Aurevilly, pour cette description qui s'y trouve de la mi-septembre en Normandie, l'époque où peut-être ce pays a le plus de poésie et de charme ?

Plus de plantureuse verdure, mais ses chênes rougissent sous son ciel rougissant. Plus d'aubépines dans les sentiers, mais la ronce disparaît sous les mûres noires qui la courbent. L'or clair des colzas n'ondoie plus, au loin, dans les plaines, opposé au violet pourpre des trèfles en fleurs, mais partout la teinte brune des terres labourées. « Les pommiers droits ou penchés des enclos ont perdu leur parure de draperies roses et blanches, mais les pommes vermillonnées et dorées, qui sont nos oranges et nos raisins à nous, gens de l'Ouest, brillent à travers leurs branchages et tombent au pied des troncs de leurs têtes inclinées, comme d'une corne d'abondance.

Les sarrasins, ce pain noir du pauvre, qui fleurit si blanc, les sarrasins ne sont pas encore coupés, mais ils vont l'être dans quelques jours et de leurs gerbes, liées et relevées sur le sol à d'égales distances, ils formeront comme un camp de petites tentes carminées.

Quand le soir vient, (les soirs nacarat de Normandie, le pays des couchers de soleil!) des nuages superbes de couleur et de forme se jouent au-dessus de ces campagnes d'un aspect si exubérant et devant leurs déploiements magiques, on ne regrette pas la pureté sereine du plus beau ciel de printemps. On n'entend plus les chœurs joyeux des moissonneuses et des faucheurs revenant des champs souper aux fermes, mais les aboiements mélancoliques d'un chien, que l'écho impatiente, sur les pas de quelque chasseur attardé ! Un pareil automne rachète d'avance les neiges qui vont suivre, et, en le voyant, un Italien comprendrait sans doute qu'on peut voir Naples et ne pas mourir. »

On peut lire dans *Un Prêtre marié* cette autre description de l'automne qui ne le cède pas à la première : « C'était un de ces jours marqués profondément du caractère de l'automne, où tout dans les choses et dans les aspects, paraît mûr, gonflé, juteux, prêt à couler sous on ne sait quel pressoir invisible dont on sent le poids sur les cœurs. Les airs détiédis, mais non froids encore, étaient saturés de parfums à travers lesquels dominait l'arome acidulé et pénétrant des pommes gaulées, relevées en tas coniques sous les pommiers et que les premières pluies avaient meurtries. Le ciel sans nuages, tout uni, était du gris le plus reposé et le plus tendre.

« De la place où Néel et Calixte se trouvaient, on voyait la campagne s'étendre et fuir au loin, rouge de ses sarrasins coupés qui lui donnent cette belle nuance de laque carminée, en harmonie avec la feuille rousse de ses chênes, les branches pourpres de ses tilleuls défeuillés et les tons d'ocre hâve de ses ciels au soir, en cette saison qui est elle -même un soir, le soir de l'année ! »

Barbey d'Aurevilly a fait aussi son Angelus, et, comme le grand peintre également méconnu, sait inspirer l'émotion, soit que midi sonnant, gai comme l'heure de se mettre à table, au clocher de Sainte-Mère-Eglise, il montre les vieilles femmes interrompant leur travail pour faire le signe de croix au seuil de leurs maisons de chaume dispersées sur la route de Montebourg, soit que, dans *l'Ensorcelée*, il nous conduise, le soir, dans la solitude des bois, près de la hutte mousseuse où Marie Hecquet a recueilli l'abbé de la Croix-Jugan blessé : « Dès qu'elle les entendit, les sept heures sonnant, elle laissa retomber au fond du baquet les linges qu'elle tordait et qu'elle allait étendre au noisetier voisin, et portant sa veille main mouillée à ce front jaune comme le buis aux yeux des hommes, mais pur comme l'or aux yeux de Dieu, elle se mit, la noble femme, à réciter son Angelus ! »

Ceux qui ont habité et compris la Normandie, croient y revivre devant ces paysages d'une note si juste, retracés si fidèlement, qui émeuvent et enchantent.

La nature normande a si bien séduit Barbey d'Aurevilly qu'il ne trouve pas de charme aux autres pays qu'il parcourt. Il ne retrouve pas non plus le même bonheur d'expression pour nous les décrire. On sent qu'il n'est plus inspiré. Avec *Une Histoire sans nom,* il nous transporte dans une petite bourgade du Forez, au pied des Cévennes. S'il admire la beauté sauvage de ce pays, ses eaux courantes qui ruissellent de toutes parts, charriant des masses de truites dans leurs bouillons d'argent, s'il comprend que la Providence ait voulu, pour les raisons les plus hautes, que l'homme aimât la terre où il est né, comme il aime sa mère, fût-elle indigne de son amour, il ne peut habituer les personnages de son roman à vivre dans cet entonnoir sombre, dans le fond de ces montagnes d'où on n'aperçoit qu'un coin du ciel. Il serait volontiers comme Agathe, la fidèle servante de la baronne de Ferjol, au teint blanc et rose, couleur des pommiers en fleurs, cette fille du pays des grands bœufs et des vastes paturages, qui se morfond dans « ce trou de marmotes » où elle est tombée, et qui regrette toujours sa Normandie.

Dans son deuxième Memorandum, le carnet d'un voyage à Port-Vendres, qu'il fit en 1858, Barbey d'Aurevilly avoue l'ennui qu'il éprouve dans ce pays où il se sent écrasé par les montagnes qui l'enserrent, accablé par cette chaleur torride qui lui enlève tout ressort. Quand il compare la Méditerranée trop bleue et trop paisible à la Manche, il préfère sa mer, « verte comme un herbage, quand elle est tranquille, entre deux colères. »

« Ah le nord ! le nord ! écrit-il. Que le Midi me semble chétif en comparaison et que la nature du Nord est supérieure. Dans le Midi, ce qui me frappe, pour les choses comme pour les personnes, c'est le manque absolu de distinction. »

Et il aspire après ses herbages tachetés des belles vaches blanches et pourprées et son ciel, « même ce ciel souvent gris et pluvieux de notre Ouest, qui nous pénètre si profondément le cœur de sa lumière mélancolique et nous y met, quand nous en sommes loin, la nostalgie. »

CHAPITRE II

Les Normands

Barbey d'Aurevilly n'a pas été seulement le peintre des campagnes normandes; il a pénétré aussi avec un rare bonheur d'analyse, qui témoigne d'une observation profonde, le caractère de ses habitants si distinctif entre les différentes races de la France qui survivent heureusement et dont la diversité fait la force de notre pays. Dans ses œuvres, les traits abondent sur le caractère normand. Ce sont des portraits fidèles où les qualités du modèle sont reproduites avec les quelques défauts de la race qui sont loin, comme le pensait Barbey, d'égaler les mérites. Quand il parle de sa terre natale, il l'appelle la solide Normandie, où les hommes robustement organisés, gardent mieux qu'ailleurs la possession d'eux-mêmes, où le bon sens est séculaire. Traçant le portrait de Monsieur de Mesnilgrand dans *Un Diner d'athées*, il parle du sentiment net de la réalité qui distingue les hommes de race normande. C'est un pays de sens rassis, de ce bon sens normand tout puissant et calme, que l'on peut appeler stator, comme Jupiter. Si Jacques Herpin, le fermier du Quesnay est comme tout bas-normand un esprit lent et à pas de bœuf, cette idée qu'il n'aura pas dans l'ancien paysan Sombreval un maître aussi facile que le dernier descendant des du Quesnay, ne tarde pas, dès la première entrevue et avec le sentiment très net de la réalité qu'il possède, ainsi que tous ses compatriotes, à faire le tour de son cerveau. Barbey d'Aurevilly compare la prudence légendaire des Normands à celle du renard dont parle Montaigne : « Où ils mettent la patte, on est sûr que la rivière est bien prise et qu'ils peuvent de cette puissant patte appuyer. »

Quel joli portrait dans *l'Ensorcelée* que celui de cet herbager du Cotentin, maître Tainnebouy, rencontré par

l'auteur à l'auberge du Tauret rouge, à l'entrée de la lande
de Lessay, de ce robuste normand, comme il voudrait les
voir tous, qui portait sur sa figure un certificat de bonne vie
et mœurs magnifique et visible, délivré par Dieu ! Père
d'une nombreuse famille, attaché aux anciennes traditions,
il voulait que tous ses enfants restassent dans la culture,
comme lui-même et ses aïeux. « Je vis bien que cette grosse
tête, placée sur de si robustes épaules et solide comme le
créneau qui couronne une tour, ne s'était pas laissé lézarder
par ces fausses idées qui courent le monde et qu'il avait
dû entendre souvent exprimer dans les foires et marchés où
il allait. C'était un homme de l'ancien temps. Quand il avait
parlé de Dieu, il avait mis la main à son chapeau et l'avait
soulevé... Tout en avançant dans la lande, je repris la conversation que mes réflexions sur le sens droit de mon compagnon avaient un instant suspendue. J'avais occasion de
remarquer combien, sur toutes questions, mon compagnon
l'herbager montrait de justesse et d'information comme
disent les Anglais.....

L'intelligence de cet homme fruste était aussi saine
que son corps. Ses connaissances étaient bornées, mais
exactes. Ce qui s'était établi dans cette excellente
judiciaire y était entré sans l'aide des écoles, par les yeux,
par la main, par l'expérience. Si donc il y avait parfois en
lui de ces originelles manières de sentir qu'on appelle
arriérées dans ce pauvre temps de mouvement perpétuel et
de gesticulation cérébrale, il ne les avait point, comme on
eût pu le croire, en raison de son infériorité relative de
paysan. Sur tous les terrains de la vie réelle il aurait battu
les plus madrés...... Mélange de Normand et de Celte,
car le voisinage de la Bretagne et de la Normandie a souvent versé des familles d'une province dans l'autre, il était
le type le plus expressif que j'eusse vu de sa double race. A
travers les formes un peu agrestes de son langage, il
transpirait de sagacité fine et il éclatait de bon sens. »

Barbey d'Aurevilly n'oublie pas un des traits dominants de ce pays *qui tient tant à son fait*, où l'intérêt est le grand mot qui se trouve sur toutes les lèvres, de cette race âpre au gain comme ses ancêtres.

Il note cette apathie, l'insensibilité de ce caractère indifférent à tout, quand le gain n'est pas au bout de l'effort qu'il doit faire et qui se soucie de la vie pour la vie comme d'un pot de cidre vidé.

« Les tranquilles Normands, écrit-il, dans *le Chevalier des Touches*, qui, dans tout autre circonstance, pourraient s'en laisser imposer, par répugnance pour le dérangement, conséquence de toute lutte, ne s'en laissent plus conter quand le moindre intérêt est en jeu, et sur le champ, voilà qu'ils redeviennent les âpres contendants connus, les chicaneurs terribles dont le cri de guerre sera jusqu'à leur dernier soupir : gaignaige ! »

Ce sont alors ces anciens rois de la mer, les fils de ces immenses races normandes qui ont tout gardé de ce qu'elles ont conquis et qui faisaient pousser à la fin du IXe siècle ce grand cri dont l'histoire tressaille : « *à furore Normannorum libera nos, Domine !* »

Et, plus loin, il ajoute : « Coutume et péage, toute la Normandie tient dans ces deux mots ! »

Population peu extérieure, qui n'est occupée que de ses propres affaires, de travail et de gain, lourde à soulever par conséquent et qui n'a pas, comme les populations du Midi, de pente naturelle vers l'émotion et l'intérêt dramatique.

Mais si le Normand est si défiant, qu'il ne se livre que quand on fait les premiers pas vers lui, nul n'est plus fidèle à ses amitiés quand il s'est donné. Le Normand met dans la confiance, une fois accordée, la même ténacité qu'il apporte dans ses autres sentiments. Nul n'est plus hospitalier. La main est largement ouverte pour l'hôte qui trouve toujours sur la table de famille le pot de cidre

traditionnel dont la venue est suivie du choc joyeux et
renouvelé des verres. — Le grand talent de Barbey d'Aurevilly s'est plu aussi à retracer les physionomies de la
race normande qui l'avaient le plus frappé dans ses jeunes
années. Il les sème dans ses romans comme autant de
diamants qui fascinent les yeux ; il en fait de brillants
portraits, de charmants épisodes, hors-d'œuvre qui nous
permettent de mieux goûter encore la partie solide de
cette substantielle nourriture.

Il nous rappelle les costumes, hélas, disparus ! qui
étaient portés dans son enfance et qui donnaient à la vie,
dans nos campagnes, cette note pittoresque que les modes
modernes ont fait disparaître. Comme il nous présente
bien la fermière cotentine, maîtresse le Hardouey, avant
qu'elle ne devienne l'Ensorcelée. « Il fallait la voir revenant
du marché de Créances sur son cheval bai, un cheval
entier, violent comme la poudre, toute seule ma foi !
comme un homme ; son fouet de cuir noir orné de houppes
de soie rouge à la main, avec son justaucorps de drap
bleu et sa jupe de cheval ouverte sur le côté et fixée par
une ligne de boutons d'argent. »

Il nous la montre sous un autre costume dans son
banc de l'église de Blanchelande : « Elle portait un mantelet ou pelisse, d'un tissu bleu barbeau, à longs poils,
dont la cape doublée de même couleur tombait sur ses
épaules et elle avait sur la tête la coiffure traditionnelle
des filles de la conquête, la coiffe blanche, très élevée, et
dessinant comme le cimier d'un casque dont un gros
chignon de cheveux châtains, hardiment retroussés, for-
mait la crinière. »

Il décrit aussi les coiffes carrées et les bonnets ronds
des filles de Saint-Sauveur-le-Vicomte et de Valognes, le
costume que portent les femmes âgées, coiffe plate, tablier
et bavette, jupon gaufré et, par dessus, le mantelet de
droguet séculaire.

Quand il rencontre, dans ses courses, une fermière

plantureuse, aux yeux bleus d'outre-mer, au chignon roux
sous le haut bonnet pareil au cimier d'un casque, une de
ces robustes campagnardes qui a conservé une dernière
goutte égarée et perdue du sang des premières races
normandes, et qui lui apporte le cidre hospitalier, il croit
voir une de ces belles filles du Nord qui, dans les coupes
d'ivoire humain creusées dans le crâne des ennemis,
versaient aux farouches Vikings la cervoise écumante.

Ce sont encore les pêcheurs de la côte, les mendiants
ces vieilles si impressionnantes, la Clotte, Julie la Gamase,
qu'on a vu toujours vieille et que le temps a pris plaisir à
tordre en un z bizarre, ce sont les bergers avec qui il aime
à converser. Il leur fait parler, en rare observateur, l'expressif patois normand, « l'un de ces idiomes primitifs
tués et déshonorés par les langues, leurs filles parricides
et jalouses. » Il les aime ces idiomes, car il se dit plus
patoisant que littéraire, plus normand que français.

Lui, l'aristocrate, le raffiné, il se plaît dans la société
des pauvres gens qui représentent le peuple de ces contrées avec sa simplicité, son esprit charitable, son bon
sens natif, sa perspicacité. Il aime aussi à tracer les
portraits qu'il trouve sur sa route de tous ceux qui
connaissent l'âme populaire, des médecins et des curés de
campagne, ces autres médecins de l'âme. Il montre que
son aristocratie n'a rien d'incompatible avec les aspira-
tions populaires, car il trouve avec le peuple un terrain
commun d'entente. Ce qui les réunit, ce sont les sentiments
élevés de l'âme humaine.

C'est le peuple qui juge les personnages de ses
romans : il en fait le grand justicier. Après avoir montré
Sombreval, le *Prêtre marié*, ne craignant pas d'accompa-
gner sa fille dans l'église de son village où il est revenu
demeurer, Barbey d'Aurevilly ajoute : « Le peuple est
naturellement l'exécuteur des hautes œuvres d'une justice
dont il a l'instinct et à laquelle, sans ses tribuns, je me

lierais. Ici, il n'avait que sa huée pour tout supplice, et ce supplice il voulait l'appliquer à un grand coupable impuni qu'une législation athée protégeait. Il avait raison. Dans un coin de terre chrétienne encore, cette poignée de paysans allait châtier du seul châtiment que la loi n'eût pas enlevé aux mœurs, un homme.... déicide autant qu'un homme peut l'être, — autant que cette méchante petite bête de deux jours peut tuer l'Eternel en le reniant ! Ces paysans avaient raison contre Sombreval. Et quoique sa fille fût une créature à les faire tous tomber à genoux, s'ils l'avaient connue, et à qui ils auraient baisé les pieds sans bassesse, ils avaient raison contre Calixte elle-même, et elle le reconnaissait bien, elle, tant l'esprit de cet enfant avait de clarté et de profondeur ! L'élève de l'abbé Hugon était trop chrétienne pour admettre l'irresponsabilité des enfants dans le crime ou la faute des pères, ce premier coup de hache donné par une philosophie anti-sociale, dans la plus vivante articulation de la famille, le lien inextricable qui unit le père aux enfants..... »

Quel est le Normand qui, dans ses promenades, n'a pas rencontré au seuil d'une chaumière cette vieille que nous avons tous vue et dont Barbey d'Aurevilly nous fait le portrait ? « La Clotte portait un corset couleur de rouille, en droguet, un cotillon plissé à larges bandes noires sur un fond gris et un devant bleu en siamoise. A côté de son fauteuil, on voyait son bâton d'épine durcie au feu, sur lequel elle appuyait ses deux mains, quand, avec les mouvements de serpent à moitié coupé qui tire son tronçon en saignant, elle se traînait jusqu'au feu de tourbe de sa cheminée, afin d'y surveiller soit le pot qui chauffait dans l'âtre, soit quelques pommes de reinette ou quelques châtaignes qui cuisaient pour la petite Ingou. La porte de la chaumière était grande ouverte comme c'est la coutume dans les campagnes de Norman-die quand le temps est doux. Selon un éternel usage, la Clotte se tenait assise sur une espèce de fauteuil grossier,

contre l'unique croisée qui éclairait, du côté du courtil,
l'intérieur enfumé et bruni de son misérable logis.

Son rouet qui d'ordinaire faisait entendre ce bruit
monotone et sereinement rêveur qui passe le seuil dans la
campagne silencieuse et avertit le voyageur au bord de la
route que le travail et l'activité habitent au fond des
masures que l'on dirait abandonnées, son rouet était
muet et immobile devant elle. Elle l'avait un peu repoussé
dans l'embrasure de la croisée et elle tricotait des bas de
laine bleue, d'un bleu foncé presque noir, comme j'en ai
vu porter à toutes les paysannes, dans ma jeunesse..... »

Barbey d'Aurevilly n'a pas négligé non plus un côté
du caractère des Normands, dont le positivisme n'exclue
pas un certain amour du merveilleux qu'explique leur
parenté avec les races celtiques. C'est encore le pays des
superstitions populaires, où l'on croit, dans les campagnes,
aux sorts jetés sur les hommes et les animaux, aux sorti-
léges qui brûlent les plants des pommiers et corrompent
l'eau des fontaines. La magie, la divination jouent un
rôle important dans les romans de l'écrivain normand. Ce
sont les bergers errants, comme il y en avait dans sa jeunesse, qui jettent un sort à la femme de maître le Hardouey
parce qu'un jour il les a chassés de sa ferme : bohémiens
sortis d'une race inconnue, coureurs de sabbats, blonds,
aux cheveux presques jaunes, aux yeux gris-clair, de haute
taille, vêtus de vareuses de toile écrue de la couleur du
chanvre, de sabots sans bride garnis de foin, de grands
chapeaux jaunis par les pluies, porteurs de bissacs et de
longs bâtons fourchus et ferrés.

C'est la Malgaigne qui prédit au Prêtre marié le sort
qui l'attend, ainsi que sa fille Calixte et Néel de Néhou
« Avant dix ans, avant cinq ans, leur dit-elle, il n'y aura
plus un seul arbre debout de ces hautes futaies, une seule
pierre sur pierre de ce château qui avait été bâti à chaux
et à sable par les aïeux de ces du Quesnay dispersés. Rien

ne sera plus dans ce coin de pays comme nous le voyons ce soir, rien si ce n'est l'étang trop profond pour qu'on le dessèche et où le mendiant qui passe viendra laver longtemps encore le bout de son bâton fangeux. »

Dans son introduction de *l'Ensorcelée*, Barbey d'Aurevilly parle de cette croyance au merveilleux de ses compatriotes. « Bien qu'essentiellement actives, dit-il, et se distinguant par les facultés qui servent à dominer les réalités de la vie, la poésie ne manque pas à ces races et les superstitions qu'on retrouve parmi elles et dont *l'Ensorcelée* est un exemple ou plutôt un calque montrent bien que l'imagination est au même degré dans ces hommes que la force du corps et que la raison positive..

Ils n'ont pas cette poésie, comme dans le Midi, qui consiste dans l'éclat des images et le mouvement de la pensée, mais celle-là peut-être plus puissante qui vient de la profondeur des impressions. »

Ce sont aussi cette profondeur d'impressions, cette empreinte sur les âmes laissée par le spectacle de la vie, qui explique pour Barbey d'Aurevilly le sentiment religieux dont sont imprégnées les populations de l'Ouest plus que partout ailleurs et il constate que la préoccupation des intérêts matériels pour lesquels les Normands plaident depuis qu'ils ne se battent plus, n'a pu affaiblir chez eux les croyances religieuses des ancêtres. Il fait cette observation encore juste de nos jours qu'après la Bretagne, la Basse-Normandie « est une des terres où le catholicisme est le plus ferme et le plus identifié avec le sol. »

Les superstitions et les légendes populaires, la croyance aux devins et aux sorciers ne sont pas incompatibles avec l'idée religieuse, mais c'est de la religion dénaturée. « Elles cachent, dit-il, un sens plus profond qu'on ne croit et le merveilleux aura toujours prise sur *ce phénix des radoteurs* dont les redites sont toujours nouvelles et qui s'appelle le cœur de l'homme. » — « L'imagination continuera d'être ici longtemps, ajoute-t-il, la plus puissante réalité de la vie. »

Lui-même, dans une certaine mesure, croit à la tradition de certains secrets, aux pressentiments, à l'intervention dans les luttes de l'humanité, de puissances occultes et mauvaises dont on trouve les traces dans l'histoire de tous les temps, à la magie et à la sorcellerie condamnées comme choses réelles par des actes de conciles et que les dogmes religieux expliquent très bien.....

Mais, sans suivre plus avant Barbey d'Aurevilly dans la région nébuleuse des fantômes et des devins, dont il s'est servi en grand artiste pour jeter maintes fois un trouble horrifique et une émotion poignante dans l'esprit de ses lecteurs, retenons surtout de son œuvre la réalité vivante qui s'en dégage, la description de cette pittoresque Normandie telle qu'elle existait encore il y a cinquante ans, le pays des vieux costumes et des mœurs antiques, deux choses qui se tiennent, de la Normandie où les batteries retentissaient de chants joyeux, où la race était robuste et gaie.

Barbey d'Aurevilly a su réaliser ce rêve qu'il exprimait dans la Préface de l'*Ensorcelée* à propos de l'histoire de la Chouannerie qu'il avait en projet : « Qu'importe la vérité exacte, pointillée, méticuleuse, pourvu que les horizons se reconnaissent, que les caractères et les mœurs restent avec leur physionomie et que l'imagination dise à la mémoire muette : C'est bien cela ! »

Quand le temps aura jeté sur les choses « sa poussière impalpable », il restera l'œuvre du célèbre écrivain, et les touristes qui parcourront la Normandie, qui ne sera plus celle de Barbey d'Aurevilly, pourront faire la comparaison des deux époques en lisant, dans leurs moments de loisirs, les livres d'un homme qui a décrit sa terre natale avec l'amour d'un grand cœur et les vues d'un profond penseur.

CHAPITRE III

Barbey d'Aurevilly et la Noblesse
La Chouannerie

La puissance du talent de Barbey d'Aurevilly ne s'est jamais autant affirmée que lorsqu'il a dépeint les types de la vieille noblesse, tels qu'il les avait vus dans son enfance. C'est alors que suivant son expression, il a vraiment retracé le passé avec *la sanguine concentrée de ses souvenirs*, de ces premières impressions qui sont si obstinées, « qui s'enfoncent dans certaines natures à des profondeurs si grandes qu'elles les pénètrent à jamais comme ces balles que le fer du chirurgien n'a pu extraire et sur lesquelles la chair s'est refermée. »

Quelle évocation dans *le Chevalier des Touches* que celle de cette société de Valognes que tout enfant il a connue et dont le souvenir est resté si profondément gravé dans sa mémoire : société où pour peu qu'on fût un peu noble, on se croyait un paladin de Charlemagne et où l'on vous aurait demandé vos lettres de noblesse pour vous inviter à dîner.

Il nous transporte dans ce salon où sa curiosité anxieuse d'enfant entendit pour la première fois raconter l'histoire de des Touches et où mesdemoiselles de Touffedelys, droites sous leurs écrans de gaze peinte, recevaient tous les soirs leurs intimes. A eux tous, ces vieillards formaient trois siècles et demi. La Révolution avait tout pris à ces vieilles filles, famille, fortune, bonheur du foyer, *ce poème du cœur, l'amour dans le mariage*, enfin la maternité.

Leur souvenir, celui des jeunes beautés de cette société aristocratique, momies qui devaient se ranger les unes après les autres dans les catacombes du célibat. mais dont les visages éclatants enchantaient alors ses avides regards d'adolescent, ont inspiré à Barbey d'Aurevilly, dans *le Dessous de cartes d'une partie de Whist.* un de ses plus magnifiques passages souvent cité mais qu'on peut toujours relire, car il donne une idée du talent de l'écrivain :

« La noblesse de ce nid de nobles qui mourront ou qui sont morts peut-être dans ces préjugés que j'appelle, moi, de sublimes vérités sociales, était incompatible comme Dieu. Elle ne connaissait pas l'ignonimie de toutes les noblesses, la monstruosité des mésalliances.

« Les filles ruinées par la Révolution mouraient stoïquement vieilles et vierges, appuyées sur leurs écussons qui leur suffisaient contre tout. Ma puberté s'est embrasée à la réverbération ardente de ces belles et charmantes jeunesses qui savaient leur beauté inutile, qui sentaient que le flot de sang qui battait dans leurs cœurs et teignait d'incarnat leurs joues sérieuses, bouillonnait vainement.

« Mes treize ans ont rêvé les dévouements les plus romanesques devant ces filles pauvres qui n'avaient plus que la couronne de leurs blasons pour toute fortune. majestueusement tristes, dès leurs premiers pas dans la vie, comme il convient à des condamnées du destin. Hors de son sein, cette noblesse pure comme l'eau des roches. ne voyait personne. »

Puis entraîné par ses souvenirs, il note dans une analyse d'une observation profonde les sentiments qui animaient cette noblesse de province, la démarcation absolue établie entre elle et la bourgeoisie de la petite ville qu'il aimait pour son silence, sa tenue rigide. l'élévation froide de ses habitudes.

« On comprend, dit-il, l'affranchissement à de grandes distances. mais sur un terrain grand comme un mouchoir de poche, les races se séparent par leur rapprochement même...

« Ici la démarcation était si profonde, si épaisse, si infranchissable entre ce qui était noble et ce qui ne l'était pas, que toute lutte entre la noblesse et la roture était impossible.

« S'il y avait dans le cœur des nouveaux bourgeois enrichis par la Révolution des sentiments d'envie, les nobles les avaient entièrement sortis de l'orbe de leur attention et de leur rayon visuel... Tout cela n'atteignait pas ces patriciens dans la forteresse de leurs hôtels, qui ne s'ouvraient qu'à leurs égaux et pour qui la vie finissait à la limite de leur caste... Qu'importait ce qu'on disait d'eux, plus bas qu'eux ! Ils ne l'entendaient pas... D'ailleurs quoi qu'enragés d'égalité blessée (ce sentiment qui à lui seul explique les horreurs de la Révolution), ces bourgeois avaient gardé, malgré eux, la superstition des respects qu'ils n'avaient plus. »

Tous ces habitués du salon de mesdemoiselles de Touffedelys, revenant de l'émigration ou des prisons de la Terreur, sont des individualités exceptionnelles qu'il faut se hâter de peindre quand on les a vues, comme derniers vestiges d'une société qui va disparaître.

C'est le charmant portrait de ce baron de Fierdrap qui a émigré dès que les premières quenouilles ont commencé à circuler dans le pays ; ancien soldat de l'armée de Condé, race de granit roulée par la Révolution à travers l'Europe, vigoureux et râblé, visage de normand rusé et hardi, sous la brosse hérissée, courte et fauve de sa perruque. De son séjour en Angleterre, il a gardé les habitudes d'un original, avec son habit couleur tabac d'Espagne, son spencer de reps gris doublé de peaux de taupe et le petit manchon de velours noir, sans fourrure, qui pend à sa boutonnière, sous sa croix de Saint-Louis. Autrefois chasseur enragé, il est devenu avec l'âge pêcheur. Il se nourrit de sa pêche et d'une maigre pension octroyée par la Restauration. Il émerveille les paysans du Cotentin quand ils le voient dans les brouillards de la Douve ou sous les ponts de Carentan, courir sur la rive, en remontant ou descendant la rivière, et figurer le vol de la mouche, en maintenant toujours son hameçon à quelques pouces du fil de l'eau, avec un aplomb de main et de pied qui tient vraiment du prodige.

C'est l'abbé de Percy, dernier descendant de la célèbre famille normande d'où sont sortis les Northumberlands, l'abbé de l'ancien régime et du xviiie siècle, grand dîneur et causeur, mêlé aux plus beaux esprits de cette brillante époque et qui est l'aigle de ce salon ; c'est sa sœur mademoiselle de Percy qui a chouanné dans son temps, pris part à l'enlèvement du chevalier des Touches de la prison de Coutances et gardé de cette époque les habitudes cavalières qui mettent dans tous ses sentiments et ses actions la violence avec laquelle elle tire la laine de sa tapisserie ; c'est la belle Aimée de Spens qui a aussi sauvé un jour le chevalier.

Tous ces personnages revivent avec un luxe de détails, un sentiment de la vérité, une verve de description dont la lecture seule du livre de Barbey d'Aurevilly peut donner une idée. Dans ses divers romans, il nous présente d'autres figures aussi accusées, comme le Marquis de Saint-Albans, ce roi du whist qui a joué avec Maurepas et qui tient sa partie dans un salon aussi vivant de couleur locale que celui de mesdemoiselles de Touffedely ; les de Nehou dans *Un Prêtre marié*, madame de Flers, la grand'mère d'Hermengarde de Marigny, cette exquise marquise du xviiie siècle, cet égoïste vicomte de Prosny dans *Une vieille Maîtresse*, et dans *Le Dîner d'Athées*, le vieux monsieur de Mesnilgrand, ce gentilhomme d'un athéisme qui aurait effrayé Voltaire, comme il y en avait avant la Révolution, et qui se faisait justice en n'allant chez personne de son monde. Toutes

ces figures qui nous paraissent aujourd'hui si extraordinaires, avec nos habitudes sociales différentes, Barbey
d'Aurevilly les avait rencontrées sur son chemin et il
note avec le pinceau du maître leurs traits essentiels ;
il en fait un ensemble qui donne une idée aussi exacte
que possible de la société aristocratique qui s'était
reformée dans nos provinces sous la Restauration.

Lui, le chevalier Barbey, dont l'enfance avait été
bercée avec les contes de la chouannerie à laquelle
plusieurs de ses parents avaient pris part et qui avait
entendu tomber des lèvres maternelles les récits de maints
épisodes, il voulut aussi laisser un souvenir de cette
période dramatique de notre histoire si propre à éveiller
les imaginations, de cette insurrection normande dont le
nom est inséparable de celui de son chef, le comte Louis
de Frotté, tué un jour par le fusil des gendarmes, porteur
d'un sauf-conduit sous son écharpe blanche.

Il eût voulu faire cette histoire qui manque aux
Chouans comme la gloire et la justice, « à ces Condés de
broussailles dont le nom, pour les esprits ignorants et
prévenus, est devenu une insulte », et jeter quelques
rayons de lumière sur la chouannerie, « l'objet de cette
ironie de Dieu qui, sans doute, pour mieux montrer nos
néants, attache le bruit aux choses petites et l'obscurité
aux choses grandes. »

Il nous dit à propos de l'histoire de des Touches
quels étaient ses procédés d'information : « Comme on
ramasse quelques pincées de cendre héroïque, j'avais
recueilli tous les détails de cette entreprise sans égale
parmi les plus merveilleuses crâneries humaines. Je les
avais recueillis là où pour moi gît la véritable histoire,
non celle des cartons et des chancelleries, mais l'histoire
orale, le discours, la tradition vivante qui est entrée par
les yeux et les oreilles d'une génération et qu'elle a
laissée, chaude du sein qui la porta et des lèvres qui la

racontèrent, dans le cœur et la mémoire de la génération
qui l'a suivie. »

Barbey d'Aurevilly ne parle guère de la chouannerie
que dans *le Chevalier des Touches* et dans *l'Ensorcelée*
où revit la grande figure de l'abbé de la Croix-Jugan, le
prêtre chouan. Il eût désiré compléter son œuvre par la
publication d'*Une Tragédie à Vaubadon* et d'*Un gentilhomme de grands chemins* que les nécessités d'une vie
pauvre d'écrivain ne lui donnèrent pas le temps d'écrire.
Ce qu'il a laissé à la postérité fait cependant comprendre
une époque qui a été dépeinte aussi dans *les Chouans* par
le grand Balzac auquel Barbey d'Aurevilly n'est pas
inférieur.

La chouannerie normande n'eut pas le caractère des
soulèvements de la Vendée et de l'Anjou au début
desquels les masses de paysans révoltés vinrent jusque
dans leurs châteaux contraindre leurs seigneurs à se
mettre à leur tête.

Elle ne compta jamais qu'un petit nombre de partisans, gentilshommes dont plusieurs étaient venus de
pays éloignés, déserteurs, jeunes gens échappés aux
levées révolutionnaires. Aussi fut-elle surtout une guerre
d'embuscades et de coups de main propices aux actions
héroïques et que favorisaient l'absence de routes, les
haies épaisses, les vastes forêts de la région. Les armées
n'étaient que de petites bandes commandées ordinairement par d'anciens officiers et composées de quelques
centaines d'hommes aux vêtements gris, d'un gris
semblable au plumage de la chouette, à la ceinture de
cuir qui servait d'abri aux pistolets, aux guêtres en cuir
fauve qui montaient jusqu'au dessus du genou, au
mouchoir noué sous le grand chapeau rabattu comme
une couverture de cuve et qui couvrait presqu'entièrement
le visage... Ainsi paraissaient les chasseurs du roi,
quand la carabine à la main, « au clair de la lune ou

dans l'obscurité des nuits, ils se rangeaient contre un vieux mur, ou s'aplatissaient dans un fossé comme un monceau de poussière que le vent y aurait charriée. »

Tel paraissait aussi en l'an III de la République, au lendemain du combat de la Fosse où s'étaient écroulées les dernières espérances de la chouannerie, l'abbé de la Croix-Jugan, ce moine soldat, qui, de désespoir, allait se suicider et à qui Barbey d'Aurevilly a consacré une de ses plus belles pages.

C'était le soir, aux derniers rayons du soleil couchant qui tombaient en biais sur la sombre forêt de Cerisy. L'homme qui s'avançait péniblement sur la lisière de la forêt était blessé et brisé de fatigue. La pâleur verdâtre de son visage, poignante image du désespoir, ressortait sous le bandeau qui ceignait ses tempes. Après avoir tourné vers le soleil du soir un dernier regard, il prit un parchemin cacheté dont il mangea les morceaux. « Puis, on le vit contempler rêveusement et avec l'adoration mêlée de pleurs d'un amour sans bornes ce cachet.

« C'était l'écusson de la Monarchie, les trois fleurs de lys, belles comme des fers de lance dont la France avait été couronnée tant de siècles et dont son front révolté ne voulait plus. Il l'embrassa à plusieurs reprises, comme Bayard la croix de son épée. Il appuya l'arme, l'espingole, contre son mâle visage et poussa du pied la détente. Le coup partit. La forêt de Cerisy en répéta la détonation par éclats qui se succédèrent et rebondirent dans ses échos mugissants. Le soleil venait de disparaître. Ils étaient tombés tous deux à la même heure, l'un derrière la vie, l'autre derrière l'horizon. »

Tel paraît encore Châteaubriand, dans les mémoires d'Outre-Tombe, lorsque malade, à demi mort de fatigue, souffrant aussi de la blessure reçue au siège de Thionville où il servait dans l'armée des Princes, il errait dans la vaste forêt des Ardennes dont les bûcherons auraient pu l'abattre comme une branche morte, image de la déroute de son parti !

« Vers la fin du jour, écrit-il, je m'étendis sur le dos, à terre, dans un fossé, la tête soutenue par le sac d'Atala, ma béquille à mes côtés, les yeux attachés sur le soleil dont les regards s'éteignaient avec les miens. Je saluai de toute la douceur de ma pensée l'astre qui avait éclairé ma première jeunesse dans mes landes paternelles ; nous nous couchions ensemble, lui pour se lever plus glorieux, moi selon toutes les vraisemblances pour ne me réveiller jamais..... »

Barbey d'Aurevilly, avec son imagination servie par les souvenirs de son enfance, nous transporte dans ce monde de la chouannerie entouré d'une sorte de mystère historique qui ajoute encore au charme des récits. Il nous fait vivre dans quelques pages, comme en écrivait Walter Scott, cette vie d'émotions et d'aventures que menaient ces hardis partisans. Avec des Touches et ses compagnons semblables à des loups tombés dans la mer, couverts de leurs peaux de bique ruisselantes, nous pénétrons dans ce château des **Touffedelys** perdu au fond des bois où le soir s'entendait le cri de la chouette. Là habitaient quelques femmes dévouées de gentilshommes qui fondaient des balles et préparaient de la charpie pour donner des soins aux blessés. Dans ces temps troublés où la vie était tous les jours menacée, la galanterie ne perdait pas ses droits et c'est au son des violons, entre deux contre-danses, que fut préparée l'expédition des Douze qui devait délivrer des Touches. C'est là aussi qu'Aimée de Spens fut fiancée à M. Jacques, le beau ténébreux.

De même Charette, « ce loup de fourré », traqué de toutes parts, tenait une cour galante dans son manoir de Fonteclause!

Quelle figure que celle du chevalier des Touches, ce charmeur des vagues en qui se résument toutes les qualités d'endurance, de dévouement, d'abnégation absolue qui caractérisent cette époque aux convictions profondes, où l'on savait mourir pour une idée ! Il portait les dépêches de la côte à Jersey, dans un canot fait de trois planches, sans voile et sans gouvernail, vraie pirogue de sauvage dans laquelle il filait en coupant le flot comme un brochet caché dans l'entre-deux des vagues et défiant les lunettes qui le surveillaient de chaque navire et de chaque pointe de falaise. — C'est la guêpe, disaient les Bleus. Et comme Barbey d'Aurevilly est entré dans l'âme implacable de ces chouans, où la haine politique était si vivace, quand il nous raconte le sort réservé par des Touches à ce meunier du Moulin Bleu qui l'avait trahi et quand, tant d'années après, retrouvant son héros dans la maison de Saint-Sauveur de Caen où sont enfermés les fous, il lui fait dire le nom de ce juge de Coutances qui l'avait condamné à mort et que dans sa démence il n'avait pas oublié !

L'abbé de la Croix-Jugan, dans l'*Ensorcelée*, ce gentilhomme prêtre, cet ancien moine de l'abbaye de Blanche-Lande, qui a quitté son couvent pour prendre le mousquet, est une autre physionomie extraordinaire de cette extraordinaire époque. C'est un personnage inventé, ainsi qu'en prévient Barbey d'Aurevilly, mais il peint tout un temps. C'est de l'histoire possible mêlée à l'histoire réelle, « une de ces figures exceptionnelles qui peuvent ne pas trouver leur cadre dans l'histoire écrite, mais qui la retrouvent dans l'histoire qui ne s'écrit pas, car l'histoire a ses rapsodes comme la poésie. » On sent revivre dans cette âme de chouan tous les sentiments qui animaient ses compagnons de guerre.

L'abbé vient de trouver le corps de Clotilde Mauduit dans la lande de Lessay. Il voit de suite que c'est de la besogne de Bleu. « Que se passe-t-il donc, s'écrie-t-il avec explosion, déjà frémissant, palpitant et frappant la

terre de ses bottes à l'écuyère. aux éperons d'argent ! Le
chef. l'inflexible partisan se dressa, redevenu indomptable
dans le prêtre et oubliant, lui. le ministre d'un Dieu de
miséricorde, qu'il y avait là une mourante qui n'était pas
encore trépassée. il s'enleva à cheval comme s'il eût
entendu battre la charge. Lorsqu'il retomba sur sa selle.
sa main caressa fiévreusement la crosse des pistolets qui
garnissaient les fontes. Par un mouvement plus prompt
que la pensée, il tira un des pistolets et le leva en l'air, le
doigt à la languette, comme si l'ennemi avait été à quatre
pas, visionnaire à force de belliqueuse espérance ! Ces
pistolets étaient ses vieux compagnons. Ils n'avaient
durant la guerre jamais quitté sa ceinture. C'étaient ses
pistolets de chouan. Sur leur canon rayé. il y avait une
croix ancrée de fleurs de lys qui disait que le chouan se
battait pour le Sauveur son Dieu et son Seigneur le roi
de France..... »

Barbey d'Aurevilly ne cache pas ses sympathies
pour la chouannerie à laquelle avaient été mêlés des
membres de sa famille et il a pour elle ces sentiments
qu'un cœur généreux éprouve pour la faiblesse mise au
service d'une grande cause.

Barbey d'Aurevilly admire aussi la noblesse. Mais
ce qu'il aime en elle, ce ne sont pas seulement les
habitudes sociales, la manière de vivre et de penser, les
vertus familiales dont il fut le témoin dans son enfance.
la fidélité qu'elle garda à ses croyances et à ses idées.
l'élévation de ses sentiments. le ton d'élégance spirituelle
qu'elle donna à la haute société de l'Europe qui. surtout
à cause d'elle. prit la France pour modèle. Quand il en
parle, on sent qu'il pense aussi au rôle social considérable
qu'elle joua dans le développement de notre race. à son
rôle de protection. Il revoit ses origines, les compagnons
des Mérovingiens et les descendants des grandes familles
gallo-romaines, sauvant le monde de la domination jaune

dans les Champs Catalauniques, s'associant avec Clovis sur les fonts de Saint-Remy à l'œuvre de la civilisation chrétienne, repoussant avec Charles-Martel une autre invasion redoutable pour le monde occidental, celle des Arabes, en attendant le jour où ils iront poursuivre les vaincus jusque dans la Palestine et l'Egypte et confirmer, dans cette grande épopée des Croisades, leur victoire sur les peuples d'Orient ; puis à partir du jour où le sort des armes, à Fontenay, partage l'Empire de Charlemagne entre ses petits-fils et crée vraiment le royaume de France, devenant les collaborateurs de nos rois, dont ils seront pendant des siècles les ministres, les généraux, les diplomates, les magistrats, les prélats, cimentant de leur sang l'unité de la France et par leurs victoires permettant à la royauté de reconstituer, province par province, l'ancienne Gaule dans ses limites naturelles ; résistant à maintes reprises aux assauts des anciens Germains qui n'ont pas renoncé à la conquête des riches contrées d'au-delà du Rhin ; s'enrôlant sous la bannière de Jeanne d'Arc pour chasser les Anglais ; prenant une part active pendant la Féodalité, à l'époque où fleurit la Chevalerie, cette école de l'Honneur, et jusqu'aux temps modernes, dans un état social qui était si différent du nôtre, à l'administration du pays dont chaque parcelle leur donne ses noms, sans mériter les attaques passionnées qui sont trop souvent de véritables enfantillages, présentées aux écoliers comme de l'histoire et que l'esprit de parti a dirigées contre les anciens seigneurs, comme si ce noble et généreux peuple de France eût pu supporter pendant tant de siècles des usages humiliants, une domination qui eût été tyrannique et oppressive.

Enfin, quand la royauté devient absolue avec Henri IV et ses successeurs, la noblesse continue à servir dans les armées ; sa vie se passe sur nos frontières. Quand arrivent les temps nouveaux, loin de marquer une opposition aux idées qui entraînent la France, elle s'associe à ce mouvement national, abandonne d'elle-même ses privilèges et ne combat la Révolution déviée que pour se protéger elle-même et sous la force des événements qui emportent la Monarchie. On la vit alors poursuivie et persécutée, montrer dans les prisons et devant le malheur la même fermeté d'âme qu'elle avait opposée aux ennemis de son pays, supporter courageusement dans l'émigration la pauvreté la plus noire, sans perdre la gaieté et la bonne grâce qui avaient toujours été l'apanage des Français. Ses femmes et ses filles, des enfants, traînés sur les échafauds avec une cruauté inouïe, montrèrent dans ces affreuses épreuves une résignation, un courage que pouvaient seuls expliquer un long atavisme, la force des convictions et une éducation basée sur la pratique des plus nobles vertus.

Voilà tout ce que voyait Barbey d'Aurevilly qui assistait à la fin du règne historique de la noblesse, quand il en parlait dans ses livres, voulant faire passer dans l'esprit de ses lecteurs la sympathie qui l'animait pour ses personnages, les fantômes de son esprit, dont il nous a tracé maints délicieux portraits !

Paul Bourget, dans une étude récente rappelle un trait émouvant du grand écrivain dont les adversaires avaient plus d'une fois contesté la noblesse. Peu de temps avant sa mort, comme Bourget se trouvait dans sa chambre, il fit apporter une liasse de papiers et lui montra un brevet de Louis XV octroyant à un de ses ancêtres une charge qui conférait la noblesse, « ma savonnette à vilain » disait plaisamment Barbey d'Aurevilly, en insistant pour qu'on sût bien qu'il ne trompait personne à son lit de mort, quand il affirmait appartenir à cette noblesse pour laquelle il avait vécu et qu'il avait voulu glorifier. « Je vous ai fait venir, lui dit-il, pour que vous attestiez, quand je n'y serai plus, que je n'ai pas été un imposteur... » Cri du cœur. touchant comme tout ce qui est sincère, dernier hommage que Barbey d'Aurevilly voulait encore rendre. avant son dernier souffle, à l'aristocratie française !

S'il est un admirateur de l'écrivain qui repassant dans sa mémoire cette œuvre considérable dont la lecture a enchanté quelques heures de ses loisirs, veuille faire sur sa tombe un pieux pèlerinage, il verra dans une partie reculée du cimetière Montparnasse. enserrée de toutes parts par les monuments du cimetière juif, la pierre tombale de ce fier aristocrate dans l'alignement égalitaire des tombes chrétiennes. La croix qui surmonte la modeste grille du tombeau, les armes timbrées du casque de chevalier sur la pierre de granit de son pays normand, image de la solidité de son œuvre, rappellent éloquemment dans leur simplicité les deux idées auxquelles ce noble esprit a consacré toute sa vie.

CHAPITRE IV

Barbey d'Aurevilly historien
Sa politique et sa philosophie

Le roman est le complément de l'histoire. Il la fait quelquefois deviner. La sèche nomenclature des faits. l'aridité des dates ne font pas comprendre une époque aussi bien que le tableau qui nous en est présenté avec des anecdotes, des détails, la peinture des caractères et des costumes et même cette imagination qui rend les œuvres d'un Alexandre Dumas dont le pinceau vaut parfois celui d'un Michelet si passionnantes et si vraies dans leur fantaisie. Barbey d'Aurevilly jette aussi de singulières lueurs sur l'histoire et quelques mots de lui. un simple trait, nous font mieux saisir la physionomie d'une époque que la lecture d'un volume très documenté. Avec les souvenirs personnels qu'il a recueillis des survivants de l'ancien régime et sans faire une véritable histoire, il a su reconstituer cette période de transition si dramatique qui va des débuts de la Révolution à la fin de la Restauration et découvrir, mieux que n'importe quel historien, les causes de ces événements, les sentiments véritables des acteurs de ce drame.

Voulant expliquer pour quels motifs la Normandie ne se souleva pas comme la Vendée et ne prêta que peu d'aide à la Chouannerie, il trouve la principale raison qui motiva l'abstention de ses compatriotes. « Le paysan normand. dit-il. dans son langage expressif, se battrait comme un coq d'Irlande pour son fumier et sa basse-cour, mais la Révolution en lui vendant à vil prix les biens d'émigrés et d'église, lui avait offert ce morceau de terre pour lequel cette race pillarde et conservatrice a toujours combattu depuis sa première apparition dans l'histoire. Il était bien difficile de faire décrocher du manteau de la cheminée le fusil de ces paysans, préoccupés d'abord de *leur fait* et du besoin d'avoir de *quay sur la planque.*

Il appuie aussi sur l'ingratitude et le manque d'énergie des Bourbons, principale cause de l'insuccès de leurs partisans dans les guerres civiles de la Révolution, puis de la chute de la Restauration. Il est plein des reproches échappés à l'âme ulcérée de leurs défenseurs.

C'est des Touches qui, déjà fou d'avoir vu ses services méconnus et rencontré, l'air égaré, dans les rues de Valognes par l'abbé de Percy, son ancien compagnon d'émigration, lui dit à l'oreille d'une voix rauque et amère : « Je suis le chevalier des Touches, n'est-ce pas que ce sont des ingrats ! » L'abbé qui rapporte ce propos ajoute : « Ils ressemblent aux Stuarts et ils finiront comme eux ».

Quand des Touches, après sa délivrance, se remet en mer sur son frêle canot, il fait des adieux à ses compagnons : « Quand nous reverrons-nous ? La guerre fléchit. Les paysans sont las. Il faudrait qu'un des Princes vînt ici pour tout rallumer...... et il n'en viendra pas, dit-il, avec une expression méprisante qui me fit mal, racontait Mademoiselle de Percy et que j'ai bien des fois rencontrée sur les lèvres de serviteurs pourtant fidèles.. ... »

Lenôtre, cet autre évocateur de l'Histoire, rappelle aussi dans les mémoires qu'il a publiés de la fille de Louis XVI, des traits d'ingratitude incroyable de la part de cette princesse à qui la vue d'une victime de la Révolution, d'un de ces Français qui s'étaient sacrifiés si nombreux pour sa famille, causait une sorte de répulsion.

Il raconte d'après les souvenirs inédits d'un chef vendéen qu'en 1828, au château de Rambouillet, Madame la duchesse d'Angoulème refusa de prendre une supplique que lui tendait, postée sur son passage, une fillette de treize ans, dont le père ancien officier, était mort au service de la cause royale. La petite orpheline se retira tout en larmes.....

Ces menus faits n'expliquent-ils pas le sort réservé à une Restauration dont les premiers ministres furent deux *Prêtres mariés*, Fouché et Talleyrand !

Quand Barbey d'Aurevilly veut faire comprendre ce qu'était la vie à une époque comme celle de la Terreur, il n'a pas besoin de faire l'histoire de ces temps où la politesse française était remplacée par un tutoiement général agrémenté des jurons du père Duchêne, où les vêtements élégants du xviiie siècle avaient disparu devant le bonnet rouge, les sabots et la carmagnole. Il écrit dans *Le Prêtre marié* : « L'abbé Sombreval resta dans le Paris de Marat, de Fouquier-Tinville, des têtes fichées au bout des piques, des cœurs chauds et tressaillant encore, portés dans des bouquets d'œillet blanc. Pendant que le sang tombait sur la France, de l'échafaud de la place de la Révolution comme d'un arrosoir, il étudiait tranquille- ment la formation et la décomposition de ce sang qui avait étouffé son père. » Et parlant des Jacobins qui donnaient le ton à cette époque, il ajoute : « Les révolutionnaires de tous les pays se ressemblent. Les Jacobins français étaient aussi rechignés, aussi solennels, aussi pédants que les puritains d'Angleterre. Je n'en ai pas connu un seul qui fût gai, disait Mademoiselle de Percy. »

Il appelle la Révolution : « Cette large ornière de sang qui a coupé en deux l'Histoire de France et dont les bords s'écartent chaque jour de plus en plus, le germe mystérieux du cancer qui a déchiré la France et qui plus tard devra la tuer ». — « Le bronze antique et solide de la France, écrit-il dans *une Histoire sans nom*, coula comme une fange dans les dépotoirs de la Révolu- tion. »

Pour indiquer l'impression profonde quoique silencieuse que produisit partout, sous la crainte d'un retour aux tragédies révolutionnaires, le meurtre du duc d'Enghien, cette faute pire qu'un crime qui rejeta Napoléon dans la Révolution et lui aliéna l'Europe. Barbey d'Aurevilly, dans une scène émouvante, fait sortir l'abbé de la Croix-Jugan du silence qu'il gardait ordinairement dans ses visites chez la comtesse de Monsurvent, où depuis l'échec de la Chouannerie ils n'avaient plus rien à s'apprendre ni à se dire. « Si pourtant, racontait la comtesse, il me parla encore une fois ; ce fut quand ce malheureux et fatal duc d'Enghien..... Ce jour là, il vint plus tôt qu'à l'ordinaire et me dit : « Le duc d'Enghien est mort, fusillé dans les fossés de Vincennes. Les royalistes n'auront pas le cœur de le venger ! » Il me donna les détails de cette mort terrible, et il marchait de long en large en me les donnant. Quand ce fut fini, il s'assit et reprit son silence qu'il n'a pas rompu désormais. »

Voulant marquer l'apogée du premier Empire, Barbey d'Aurevilly écrit : « A ce moment l'Empereur paraissait indestructible. Les Princes français étaient oubliés. On pensait autant aux Mérovingiens qu'à eux et on avait devant soi un homme qui devait être le Charlemagne d'une quatrième race. »

A la lecture de ses citations, on ne s'étonne pas qu'Albert Sorel, cet historien méticuleux et consciencieux ait dit un jour à Paul Bourget qu'il avait compris la Restauration en lisant les propos de table des convives du *Diner d'athées.*

Quelle évocation que celle de ces dîners présidés par le gentilhomme voltairien, le vieux monsieur de Mesnil-grand et auquel prenaient part des officiers à la demi-solde, d'anciens prêtres, un conventionnel qui avait voté la mort du roi. « Tous athées absolus et furieux, appartenant à cette génération d'hommes d'action d'une immense énergie qui avaient passé par la Révolution et les guerres de l'Empire, vautrés dans les excès de ces temps terribles ! »

L'athéisme du xviiᵉ siècle, raisonneur, sophiste, déclamatoire ne pouvait donner une idée de cet athéisme forcené du début du siècle, « d'hommes élevés comme des chiens par les voltairiens leurs pères et qui avaient vu toutes les horreurs de la politique et de la guerre. »

Barbey d'Aurevilly trace des portraits saisissants de ces licenciés de l'armée de la Loire, de ces anciens officiers pour qui l'heure était venue de l'enragement, de ces désarmés avec la force de porter les armes, défaits, humiliés dans leur ville natale, obligés de ronger leur frein, d'écumer sur place dans une oisiveté désespérante et dont la Restauration s'était fait d'irréconciliables adversaires.

Barbey d'Aurevilly fait une autre allusion à cette tendance qu'ont les régimes nouveaux de jeter l'ostracisme sur une partie de leur pays quand il nous dépeint dans *le Prêtre marié*, Néel de Néhou, d'une race normande dont le nom était aussi vieux que les marais du Cotentin et à laquelle sa mère avait ajouté l'impétuosité de ce sang slave « qui arrêta si net sur une poignée de lances tendues les masses turques débordées ». Ce jeune homme que la politique empêchait de servir l'Empereur et dont le caractère ressemblait à certains coups de vent dans les steppes, se dévorait dans un loisir qui pesait à ses instincts d'héroïsme... Il eût désiré « sentir battre sur ses faibles jambes d'Hippolyte le sabre courbe avec lequel ses pères maternels coupaient la figure des Pachas. Il respirait l'ardeur des combats dans le tonique parfum des bois et la poudre de son fusil de chasse... »

Si Barbey d'Aurevilly regrette la Monarchie, sa clairvoyance sait reconnaître les fautes de ses amis et n'est pas mise en défaut par la fougue de ses convictions.

Il a déjà su mettre en relief l'ingratitude des Bour_
bons. Parlant de l'esprit du xviii⁰ siècle qui prépara la
Révolution, il écrit dans *le Prêtre marié* : « Il était de son
temps, le vicomte Ephrem de Néhou, comme on l'était
dans la Maison Rouge de 1756. C'était un de ces derniers
gentilshommes dont les mœurs ont plus fait contre la
Monarchie que leurs épées pour elle, quand ils la tirèrent
pour la défendre. On ne sait pas assez à quelle profondeur
la corruption du xviii⁰ siècle pénétra la vie des hommes
dont elle avait meurtri la jeunesse. La tache y resta
toujours et ni le malheur, ni la guerre, ni la religion, ne
purent l'effacer. »

Il n'est pas plus tendre pour les écarts du clergé de
cette époque. Parlant dans *une Histoire sans nom* du Père
Rieulf, le triste héros de ce livre : « L'ordre des Capucins,
dit-il, n'était plus le même alors. La corruption était
générale. »

Barbey d'Aurevilly marque ainsi son indépendance
qui a été le trait caractéristique d'un caractère rebelle à
toute discipline.

Le milieu dans lequel Barbey d'Aurevilly avait été
élevé, dans une famille où on reprochait à Louis XVIII
d'avoir donné la Charte, son goût naturel pour l'aristocratie devaient avoir une influence déterminante sur ses
opinions politiques. Aussi dès qu'il prend une plume
devient-il le champion de la tradition monarchique, de la
légitimité. Il est l'admirateur des théories des de Maistre
et des de Bonald sur le gouvernement des peuples et il les
expose dans *les Prophètes du Passé*. Le pouvoir doit reposer
sur des principes immuables et de droit divin qui remon-
tent à l'origine du monde. « C'est de la théocratie, dit-il,
mais elle est nécessaire et bienfaisante, où nous sommes
destinés à rouler, pour y périr, dans les bestialités d'un
matérialisme effréné. » Et il ajoute : « On verra comme
le monde s'en tirera, mais il faudra choisir. » Il s'associe

aux prédictions de ses auteurs favoris. C'est de Maistre qui, en 1821, écrit qu'il meurt avec l'Europe, que la Révolution a été le châtiment des classes élevées, mais que le peuple et la bourgeoisie doivent avoir aussi leur 1789. C'est de Bonald qui annonce que la Révolution commencée par la Déclaration des Droits de l'Homme ne sera finie que par la Déclaration des Droits de Dieu. C'est Lamennais dont il cite ce passage qui remonte à 1829 : « Croit-on que le libéralisme quand il serait satisfait d'un premier triomphe, — le remplacement de la Monarchie par la République démocratique — n'aurait désormais rien à vouloir : il marche vers un bien autre but, l'abolition du catholicisme. »

Toutefois l'intransigeance de Barbey d'Aurevilly sait faire des concessions à son siècle. Comme il aime avant tout un pouvoir fort et qu'il a horreur de la démagogie, lui, qui a vu tomber les gouvernements de 1815 et de 1830 *parce qu'ils n'étaient pas la Monarchie*, il se rallie au second Empire dans lequel il voit une sauvegarde pour une partie de ses principes et il persifle dans *les Quarante Médaillons de l'Académie Française* l'opposition orléaniste faite à Napoléon III.

Quel polémiste n'eût-il pas fait dans la presse politique, si les directeurs de journaux effrayés de sa violence ne l'avaient relégué dans la critique littéraire où de ses griffes de lion il mettait encore en pièces ses adversaires !

Sans que le lecteur de ses ouvrages soit obligé de partager des appréciations souvent outrées, lancées dans le feu de la polémique du journaliste avec l'ardeur d'un esprit qui grossit tous les objets auxquels il touche, comment ne pas admirer la vigueur des idées et l'éclat de la forme dans laquelle elles sont présentées ! Comme le dit Paul Bourget, les pages admirables abondent dans *les Œuvres et les Hommes*, recueil d'articles de journaux et de revues qui représentent le labeur immense de toute une vie d'écrivain et même pour un adversaire, il y a des observations dont il peut tirer profit quand elles viennent d'un Barbey d'Aurevilly. Ses romans fourmillent d'appréciations profondes, marquées quelquefois, dans leur exagération apparente, au coin du bon sens normand, et toujours originales.

Comparant la vie publique d'autrefois à ce qu'elle est devenue depuis qu'existe le suffrage universel, il exprime son opinion sur le gouvernement de tous par tous, *ce qui est impossible et absurde* et sur le gouvernement de tous par quelques-uns, *ce qui est possible, moral et intelligent.*

Il ne croit pas à l'égalité contraire à la nature humaine. Il est traditionnaliste. Enumérant les qualités du paysan d'autrefois, l'honnnête Cotentinais, maître Tainnebouy : « Je crois, dit-il, que les sociétés les plus fortes sinon les plus brillantes, vivent d'imitation, de tradition, de choses reprises à la même place où le temps les interrompit. »

Parlant de l'éducation, il fait cette remarque pleine de finesse : « Hermengarde de Marigny, dit-il, dans *Une vieille Maîtresse,* apprit plus en voyant les dernières années de sa grand'mère qu'en passant par toutes les filières des éducations fortes, comme on dit si plaisamment maintenant, et qui ne sont que les infirmeries de la médiocrité. »

Il ajoute sur le même sujet dans *Une Histoire sans nom,* à propos de l'instruction des filles nobles d'autrefois : « On leur enseignait les grands sentiments et les grandes manières et elles s'en contentaient. Lorsqu'une fois elles étaient entrées dans le monde, elles y devinaient tout sans avoir rien appris. A présent on leur apprend tout et elles ne devinent plus rien. On leur oblitère l'esprit avec toutes sortes de connaissances et on les dispense ainsi d'avoir de la finesse, — cette gloire de nos mères ! »

Il se sent peu de goût pour le développement à fond
de train de toutes les facultés humaines. Aux partisans
du progrès indéfini, il lance cette boutade dans son
Premier Memorandum : « L'état de tutelle est normal à
l'esprit humain et la vue fausse des esprits modernes,
c'est d'admettre que cet état de tutelle est transitoire et
que la gloire de la civilisation est de le finir. »

Il s'insurge contre le Progrès « qui est en train avec
son économie politique et sa division territoriale de faire
de la race humaine une race de pouilleux » et il écrirait
volontiers avec le Prince de Metternich : « Le Progrès
politique suit un cercle. Plus il marche, plus il se rapproche de son point de départ. » N'est-il pas un précurseur
lorsque dans *le Rideau cramoisi*, il fait dire au vicomte
de Brassard à propos de l'amour de l'uniforme qu'il
mettait pour se distraire dans la petite ville où il tenait
garnison : « La sensation de l'uniforme, c'est encore là
une sensation dont votre génération à Congrès de la
Paix et à pantalonnades philosophiques et humanitaires
n'aura bientôt plus la moindre idée. »

On pourrait ainsi multiplier les citations des opinions
sur la politique, la morale, l'éducation que Barbey d'Aurevilly sème à chaque page de ses œuvres et glaner une
substantielle nourriture avec les grains éparpillés que
laisse tomber ce vigoureux esprit.

Sa philosophie était religieuse et s'inspirait des
doctrines du pur catholicisme. Il écrit dans *Les Prophètes du Passé* « Au regard des esprits qui cherchent à
s'entendre avec eux-mêmes, Dieu, une seconde écarté, le
chaos reprend la tête humaine. » Aussi s'élève-t-il contre
le caractère profane de la philosophie moderne. *dont les
deux aboutissants sont la guillotine et le néant, qui est
celle de l'homme au fond se préférant à Dieu et se posant
à sa place dans l'intelligence.* Il croit à l'action incessante
de la Providence à la valeur du sacrifice pour racheter
les fautes du monde.

« Il faut bien, fait-il dire à un des personnages de son roman *Le Prêtre marié*, — paroles que le monde regarderait comme insensées — il faut bien que les bons, que les innocents et les justes payent pour les pêcheurs dans cette vie ; car, s'ils ne payaient pas, qui donc le jour des comptes, acquitterait la rançon des coupables devant le Seigneur ? »

Dans la plupart de ses romans, soit qu'il représente les effets de la passion comme dans *Une vieille Maîtresse*, soit qu'il fasse le sombre tableau des fautes humaines, il montre que l'expiation ne tarde pas à les suivre et que nous préparons nous-mêmes le châtiment de nos erreurs.

— Sombreval est puni dans sa fille qui veut expier par le sacrifice de sa vie le crime de son père. « Ce rocher de Golgotha, s'écrie le Prêtre marié, qui pèse sur le monde et que je croyais avoir rejeté de ma vie comme un joug brisé y retombe, et c'est la main de mon enfant qui le fait rouler sur mon cœur ! »

Mais il n'y a pas que Sombreval qui porte de son vivant la peine de ses fautes. Tous les personnages des romans de Barbey d'Aurevilly, l'Ensorcelée, le Vicomte de Brassard, dans *le Rideau cramoisi*, Marigny dans *Une vieille Maîtresse*, le Père Riculf dans *Une Histoire sans nom*, pour ne citer que ceux-là, supportent les conséquences de leur erreur d'un jour, « cette tache noire, qui, dans la vie, meurtrit tous les plaisirs. »

Aussi Barbey d'Aurevilly s'élève-t-il contre les libres penseurs de son temps qui voudraient empêcher les écrivains catholiques de traiter le sujet des passions humaines lorsqu'il s'agit de faire trembler sur leurs suites, d'en tirer des enseignements.

« Est-ce que Dieu, dit-il, superbement, a prêté aux crimes et aux péchés des hommes en créant l'âme libre de l'homme ? Est-ce qu'il a prêté au mal que les hommes peuvent faire, en leur donnant tout ce dont ils abusent, en leur mettant sa magnifique et calme et bonne création dans leurs mains, sous leurs pieds, dans leurs bras ? »

Si ses livres ne peuvent pas être mis entre toutes les mains, il n'en a pas moins la conviction de faire une œuvre de haute moralité qui porte avec elle son enseignement et il le dit lui-même à propos des *Diaboliques*. « Bien entendu qu'avec leur titre, elles n'ont pas la prétention d'être un livre de prières ou d'imitation chrétienne... Elles ont pourtant été écrites par un moraliste chrétien, mais qui se pique d'observation vraie quoique très hardie et qui croit — c'est sa poétique à lui, — que les peintres puissants peuvent tout peindre et que leur peinture est toujours assez morale quand elle est tragique et qu'elle donne l'horreur des choses qu'elle retrace... Quand on aura lu les *Diaboliques*, je ne crois pas qu'il y ait personne en disposition de les recommencer en fait, et toute la moralité d'un livre est là..... »

Là aussi est toute la moralité de l'œuvre de Barbey d'Aurevilly.

Les idées philosophiques et religieuses de l'écrivain ne percent pas seules dans ses ouvrages. Son expérience des hommes, ses facultés de pénétration de l'esprit humain, lui permettent de donner de véritables leçons de morale qui se dégagent de la physionomie de ses personnages, avec leurs qualités et leurs défauts, des propos qu'il leur fait tenir, des observations d'une profonde analyse dont il parsème ses récits et ce n'est pas une des moindres originalités de l'œuvre de l'original écrivain que dans son ensemble, avec le recul du temps et pour un critique impartial qui n'est pas prévenu et qui n'a pas de préjugés, elle constitue un véritable cours de morale alors qu'elle a été présentée, à son apparition, comme profondément immorale et que des poursuites faillirent même être intentées à l'auteur des *Diaboliques* !

CHAPITRE V

La vie et l'œuvre littéraire
de Barbey d'Aurevilly

CONCLUSION

Jules-Amédée Barbey d'Aurevilly est né à Saint-Sauveur-le-Vicomte, le 2 Novembre 1808. Il est mort à Paris, le 23 Avril 1889. Sa vie embrasse donc presqu'un siècle et a été consacrée tout entière à la littérature, à laquelle, appelé par une véritable vocation, il se donna au sortir de l'enfance, malgré la volonté de son père, ce qui fut l'occasion d'une brouille de famille. Sa biographie a été faite maintes fois et intéresse surtout par l'influence que les événements de sa vie eurent sur sa carrière littéraire qui peut se diviser en deux périodes bien distinctes. Son caractère chevaleresque se révèle dans sa première œuvre qui date de 1825, l'*Ode aux Héros des Thermopyles*, alors que l'Europe soutenait de ses vœux la cause de l'indépendance grecque. Après avoir terminé ses études au Collège Stanislas et fait son droit à Caen, où il publia une nouvelle, *Léa*, dans la « Revue de Caen », fondée avec son ami Trébutien, et qui n'eut qu'un numéro, il partit pour Paris et se mêla de suite au mouvement littéraire de l'époque. Ses premiers livres, *Amaïdée*, l'*Amour impossible* (1841), la *Bague d'Annibal* (1843), *Du Dandysme et de Georges Brummel* (1845), sont des œuvres de jeunesse dans lesquelles il cherche sa voie. Les sujets qu'il traite ne sont pas dignes de son génie et le monde futile et vain des salons de Juillet qu'il dépeint dans l'*Amour impossible* ne donne pas au talent qu'il montrera plus tard l'occasion de s'affirmer. Il le reconnaît lui-même avec une rare franchise dans la préface d'une seconde édition de ce roman. « L'auteur, jeune alors et de goût horriblement aristocratique, cherchait la vie dans les classes de la société qui évidemment ne l'ont plus. C'est là qu'il croyait pouvoir établir la scène de plusieurs romans passionnés et profonds qu'il rêvait alors et cette illusion de romans impossibles produisit l'*Amour impossible*. »

Il souffre bientôt de son impuissance ; son esprit s'aigrit. Il a le dégoût de la vie que le monde a déjà blessée et que le dandysme ne peut satisfaire, la souffrance de peines de cœur qui n'ont pas été épargnées à sa jeunesse. l'indifférence pour les questions politiques et religieuses. « Jamais, mon âme, si âme j'ai, écrit-il, n'a été dans une indifférence aussi philosophique. Je suis vieux, vieux, vieux... le maudit refrain. » S'il montre déjà quelques éclairs de son talent, il jugera lui-même plus tard ses premières œuvres qui sont d'une couleur gris de lin comme il les appelle et rien ne peut encore faire prévoir l'illustre auteur du *Chevalier des Touches*.

Pendant cette longue période de vie parisienne qu'il passe dans de frivoles occupations, comme peuvent l'être celles d'un jeune littérateur ignoré et inoccupé, ses ressources s'épuisent. Il faut vivre cependant et il est obligé, lui qui a dédaigné le journalisme de donner de la copie aux journaux, aux revues. Il a débuté au *Journal des Débats* sur la recommandation de Châteaubriand qu'on aime à voir protéger les premiers pas de cet élève qui égalera parfois le maître ; il écrit anonymement dans la *Gazette de France*, il collabore au *Globe*, au *Nouvelliste*, au *Moniteur de la Mode*, où il peut faire l'éloge du Dandysme dont il est un fervent admirateur.

Cependant il est effrayé du néant de sa vie. « J'ai des remords d'intelligence, écrit-il en 1839. Qu'ai-je fait et qui suis-je ? Excepté quelques fragments écrits à bâtons rompus, qu'est-ce que je laisserais d'achevé et de forclos, si je mourais ! »

Dans la détresse de son âme, il s'adresse au sentiment religieux qui se réveille en lui et qu'il appelle dans *Ce qui ne meurt pas*, « le besoin d'un appui, cette éternelle faiblesse qui tient l'homme si cruellement en servage, l'idée de Dieu inscrite dans les horizons infinis. »

C'est alors que commence la seconde période de sa vie : retour aux idées religieuses dans lesquelles il a été élevé et qui coïncide en 1842 avec l'apparition de la *Revue du Monde catholique* dont il va être le rédacteur en chef, vision de son pays natal, de ses impressions d'enfance qui reparaissent dans sa mémoire avec une intensité et une force extraordinaires, réconciliation avec sa famille.

C'est alors qu'il redevient l'homme de la terre natale attaché au sol qui l'a vu naître et à ses traditions et qu'il songe à consacrer les forces de son esprit à laisser une œuvre utile pour les hommes, en défendant dans les livres qu'il a en projet les idées auxquelles il restera désormais attaché. Il a un but dans la vie. Il devient un combattant, un véritable croisé et il prend cette épée de Connétable des lettres, comme ses amis l'ont appelé ; il va la brandir désormais, frappant d'estoc et de taille avec la fougue de son caractère, les adversaires de sa race, de sa religion, de son parti !

Cette évolution qui changea complètement la vie de Barbey d'Aurevilly et aussi le caractère de ses œuvres, lui demanda de longs efforts et un grand travail de la pensée dont nous trouvons la trace dans cette lettre :

« Je travaille beaucoup. Je suis un stylite, un fakir de solitude. Vellini est finie. Quel livre ! demandez à René ce qu'il en pense. Je lui ai lu le second volume l'autre jour, le second volume que vous aimerez doublement, car la Normandie y est peinte avec la sanguine concentrée des souvenirs. »

Barbey d'Aurevilly égaré dans un genre faux a trouvé sa route. Il va désormais, comme Balzac, comme Stendhal, pénétrer les derniers replis du cerveau humain, avoir devant lui des réalités, trouver dans les souvenirs du pays où il a été élevé, où il a grandi les sensations de la vie réelle qu'il fera partager aux personnages de ses romans ; il les mettra dans leur cadre véritable, dans cette nature normande qui lui permettra de donner à son style de si magnifiques développements.

« Les plus beaux romans de la vie, dit-il à propos du *Dessous de cartes d'une partie de whist*, sont des réalités qu'on a touchées du coude et même du pied en passant. Le roman est plus commun que l'histoire. » Il a désormais trouvé sa méthode, le genre qu'il portera à un si haut point d'intérêt.

C'est alors que paraissent les principales œuvres qui ont fait son renom. *Une Vieille Maîtresse* (1851), *Les Prophètes du Passé* (1851) où il se met au rang des catholiques militants, *Memorandum* (1856), puis ses romans historiques, *l'Ensorcelée* (1854), *Le Chevalier des Touches* (1864), *Un Prêtre marié* (1865). Il publie ensuite *Les Diaboliques* (1874), *Goëthe et Diderot* (1880), *Une histoire sans nom* (1882), *Ce qui ne meurt pas* (1884).

Les dates de cette production tardive indiquent avec précision l'évolution qui s'est faite dans l'esprit de cet écrivain alors en pleine maturité et qui avait acquis l'expérience de la vie. Ce ne sont plus les mièvreries et les fadaises de *l'Amour Impossible*, mais la peinture vigoureuse du cœur humain, traitée avec une rare intuition, la reconstitution comme le fait Walter Scott, d'une époque disparue avec ses passions, ses mœurs pittoresques, un sentiment exquis de la nature au milieu de laquelle se déroulent les récits tantôt impressionnant jusqu'à inspirer l'effroi, tantôt répandant un charme pénétrant par la beauté des situations, l'originalité des caractères, l'éclat d'un style qu'on sent soutenu par les sujets traités.

De plus, ces romans font penser, car l'auteur a voulu qu'ils fussent une œuvre de propagande, y défendre les convictions auxquelles il est désormais attaché et sous cette forme exquise qui permet toutes les audaces, y exposer des pensées ingénieuses ou profondes, le roman n'étant pour lui « que l'histoire de l'âme et de la vie à travers une forme sociale. »

Si ces romans contiennent des invraisemblances, si les personnages sont parfois plus grands que nature, peints par un écrivain qui poussait sa pensée jusqu'à l'extrême pour lui donner plus de relief et qui voyait tout en grand à la manière de don Quichotte, mais d'un don Quichotte qui aurait vécu en Normandie et gardé de son séjour dans ce pays, même dans les excès de son imagination, une part du sentiment de la réalité qui distinguait son compagnon Sancho, l'intérêt du lecteur n'en est pas moins toujours éveillé par la mise en scène de cet incomparable styliste.

Ses romans sont une suite de portraits et de récits. Chaque romancier ayant son procédé, Barbey d'Aurevilly a adopté celui du récit qui convenait à son talent de conteur affirmé par tous ceux qui l'ont connu et qui à l'exemple de Paul Bourget parlent avec enthousiasme de cette conversation étincelante, pleine de verve et de couleur comme tout ce qu'il écrivait, « le verbe le plus extraordinaire que jamais improvisateur magnifique ait eu à son service », et qu'il faisait entendre dans les salons de quelques admiratrices comme Madame de Poilly et Madame de Vergennes, dans les cafés littéraires de l'Odéon, dans les salles de rédaction où il tenait bureau d'esprit et où c'était un régal de l'entendre. Quand il parlait, il était donc encore un homme de l'ancien temps

et il maintenait les traditions de cette époque où l'art de la
conversation était « la plus jolie gloire de nos ancêtres. »

Barbey d'Aurevilly emploie dans ses œuvres ce don
qu'il possédait. Ses romans sont ordinairement un récit
fait par un personnage dans lequel on reconnaît ses traits,
comme Rollon Langrune dans l'*Ensorcelée*, et cette longue
causerie n'est interrompue que par des portraits, la
description d'un paysage ou des réflexions amenées par
les situations, sans que l'absence d'action dans le sens
qu'on donne à ce mot dans les romans modernes nuise à
l'intérêt palpitant que la magie du style fait éprouver au
lecteur.

Ce sont ces quelques romans et nouvelles, *Une Vieille
Maîtresse*, *l'Ensorcelée*, *Le Chevalier des Touches*, *Un
Prêtre marié*, *Les Diaboliques*, pour ne citer que ses
œuvres essentielles, qui ont fait la grande renommée
littéraire de Barbey d'Aurevilly et prouvé que le petit
nombre des œuvres, quand elles sont géniales, n'empêche
pas un auteur de passer à la postérité.

Bien que les personnages de Barbey d'Aurevilly
soient profondément fouillés, il ne s'attarde pas pour
nous les dépeindre dans ces analyses d'une psychologie
prétentieuse où se plaisent tant de romanciers modernes
qui égarent avec eux le lecteur dans les brouillards de
leur pensée. Dans Barbey d'Aurevilly le style est clair
et précis. Un simple trait, un mot peignent un caractère,
comme tout ce qui est fortement pensé.

En dehors de ses romans, Barbey d'Aurevilly a
laissé des ouvrages de critique, une longue correspon-
dance avec son ami Trébutien, de nombreux articles de
journaux et revues fournis au *Pays*, au *Réveil*, au
Constitutionnel, au *Nain Jaune*, au *Figaro*, au *Gaulois*,
qui ont été rassemblés dans *Les Œuvres et les Hommes*,
véritable encyclopédie dans laquelle il exprime, au jour le
jour, son opinion sur les productions et les personnalités

de son temps, en dépensant dans cette critique toutes les ressources de son éclatant talent.

Obligé pour vivre de faire de la critique littéraire et théâtrale, de fournir des articles à heure dite, de juger les livres bons ou mauvais qui paraissaient chaque jour, il appelait ce métier dur à son âge : « laver la vaisselle dans les journaux. » Souvent méconnu, il connut plus d'une fois, comme tant d'hommes de talent, les refus d'insertion. Il vit *La Vieille Maîtresse* refusée au *Constitutionnel* et *Le Dessous de cartes d'une partie de Whist* ne pas être jugé digne de la *Revue des Deux-Mondes* !

Faut-il regretter pour le plaisir des délicats, des raffinés que la pauvreté l'ait empêché de créer d'autres romans qui eussent encore ajouté à sa gloire et n'a-t-il pas trouvé dans cette pauvreté même la dignité de sa vie littéraire et la force morale qui lui ont fait produire quelques chefs-d'œuvres, dans cette modeste chambre meublée de la rue Rousselet, quartier retiré en plein Paris comme celui d'une ville de province avec les grands jardins de ses couvents et de ses vieux hôtels, son tourne-bride de lieutenant, disait-il à ses visiteurs et où Paul Bourget l'a vu mourir. Dans la pauvre chambre de cette rue écartée, il pouvait avec un peu d'illusion se croire encore à Valognes et revoir dans les arbres qui la bordent la verdure de son pays !

Comment une œuvre aussi considérable a-t-elle été méconnue de ses contemporains ou tout au moins comment n'a-t-elle pas été appréciée suivant son rare mérite ? Il semble qu'aujourd'hui, à la lueur des évènements, il se soit formé toute une école littéraire qui se rapproche des idées dont Barbey-d'Aurevilly s'est fait l'éloquent interprète, et c'est peut-être là une des causes de sa popularité récente. Or, quand ses principaux ouvrages parurent, on était sous le second Empire, à une époque où l'opinion publique se préoccupait moins de ces graves questions. Il y a une autre raison à cette injustice dont il a été victime et qu'il faut chercher dans le caractère même de l'écrivain.

Son indépendance de jugement d'autant plus redoutée qu'il frappait souvent juste et ne ménageait personne, fait honneur à sa conception de l'homme de lettres, mais n'aidait pas au succès, dans un temps où tout déjà était compromission. Il eut ainsi d'irréconciliables adversaires. Il ne craignit pas de s'attaquer aux maîtres de la critique dans *Les quarante Médaillons de l'Académie Française*, à Viennet, Villemain, Cousin, Sainte-Beuve, aux hommes politiques les plus considérables comme Thiers et Guizot, qu'il jugeait avec des mots à l'emporte-pièce, qu'il criblait de ses épigrammes et des traits de son esprit, aux organes qui faisaient l'opinion du monde des lettres comme le *Journal des Débats*, déjà l'antichambre de l'Académie et la *Revue des Deux-Mondes*.

De même que le talent est rare, il épargnait peu d'écrivains. Il eut bientôt contre lui non seulement les littérateurs qui étaient considérés comme les maîtres de leur temps, tout ce monde d'académiciens et d'hommes de lettres qui souffrent surtout des blessures d'amour-propre. *genus irritabile vatum*, mais encore les critiques d'ordre secondaire qui étaient appelés à parler de ses livres et qui craignaient de déplaire aux puissants du jour, sacrés par l'opinion publique, enfin les directeurs de journaux obligés à mille ménagements dont, lui, ne tenait aucun compte. On se vengea de ses attaques par des appréciations injustes ou par le silence, cette arme qui triomphe des plus forts. Il resta dans son isolement superbe, mais impuissant, l'homme qui avait écrit un jour : « J'ignore avec quoi on fait un manteau aux pauvretés de caractère. »

Il a tracé lui-même son portrait dans ses œuvres. Ne se peint-il pas dans ce personnage d'un de ses premiers romans. *La Bague d'Annibal ?* « Il avait un masque de fer cadenassé derrière la tête et dont il avait jeté la clef à la mer ; un masque plus dur et plus froid que celui du frère adultérin de Louis XIV. C'était le mépris qui l'avait forgé et l'orgueil qui l'avait scellé. Il ne voulait pas que les hommes se réjouissent de l'avoir blessé, s'ils pouvaient le blesser encore. Il avait la pudeur de la pensée et la fierté plus chaste encore du sentiment. Il avait tout cela, mais il le gardait entre lui et Dieu, ce discret confident de toutes les supériorités inutiles. » Il dit aussi dans *Le Chevalier des Touches*. « C'est si bon de tremper son cœur dans le mépris des choses humaines et entre toutes de la gloire qui gasconne avec ceux qui se fient à elle et qui croient qu'elle ne peut tromper ! » Enfin ne s'identifie-t-il pas avec ce Rollon Langrune, au nom doublement normand, à qui il fait raconter l'histoire d'*Un Prêtre marié* ? « Positif comme la forte race à laquelle il appartenait, ce rêveur qui avait brassé les hommes, les méprisait et le mépris l'avait dégoûté de la gloire. D'un autre côté en vivant à Paris quelque temps, il avait appris bien vite ce que vaut cette autre parlotte qu'on y intitule la Renommée et il n'avait jamais quémandé la moindre obole de cette fausse monnaie à ceux qui la font.

« Cet homme dédaignait le succès et portait sa supériorité comme l'on porte un diamant sous un gant, sans se soucier d'en faire voir les feux. »

C'est un des traits de cet esprit hautain comme sa physionomie si expressive de ne s'être jamais plié à aucune règle, à aucune convention, d'avoir été toujours et en tout un indépendant dans un siècle qui trouvait surprenants cette liberté d'allures et ces costumes bizarres qu'il affichait pour se distinguer de la foule. Il était resté dans le monde des lettres ce qu'il eût été dans un autre temps où il regrettait de n'avoir pas vécu, un féodal, n'obéissant qu'à la fougue de ses idées et à sa fantaisie.

Ce qu'il faut retenir aussi de la vie de Barbey

d'Aurevilly, c'est sa parfaite unité, dans ses excentricités elles-mêmes. S'il a été un fervent admirateur du Dandysme, de Byron le dieu de sa jeunesse et de Brummel qu'il a connu à Caen quand il y était étudiant, c'est qu'il a aimé dans ces hommes jusque dans leurs bizarreries et leur frivolité, leur élégance, leur distinction, leur goût des aventures et de la séduction, leur manière d'être et de se vêtir *qui n'était pas celle de tout le monde*, leur amour exaspéré de l'aristocratie vers laquelle le portaient aussi toutes ses inclinations.

S'il a conservé à un âge où d'ordinaire les élégances de la toilette ne préoccupent plus, le goût d'accoutrements qui faisaient sourire ses amis ou qui indignaient des adversaires y voyant une affectation insupportable, ce n'est pas qu'il eût besoin de ce genre de distinction pour se faire valoir, mais la dentelle de ses cravates, les ailes doublées de velours de son chapeau, les bandes de soie jaune ou mauve de son pantalon de laine blanche, les gants de peau noire avec des baguettes d'or et les autres détails de ces costumes extraordinaires qui tranchaient sur la masse incolore des costumes bourgeois de son temps criaient son désir aristocratique de distinction ; ils signifiaient que l'ancien dandy qui avait connu Brummel ne voulait pas se rendre, qu'il protestait contre la vieillesse, « cet affreux mot qu'il faut savoir dire », écrivait-il en 1888, de même que toute sa vie, que toute son œuvre avaient été une protestation contre les idées, les mœurs et ce qu'il considérait comme les erreurs de son temps, dans une époque si différente de celle qu'il rêvait pour son pays qui ne pouvait le comprendre et qui devait même avoir de la colère pour cet homme qui, dans tout son être, était un reproche vivant, une voix gênante qui ne voulait pas se taire !

Cette unité se retrouve dans ses œuvres à partir du jour où commence sa véritable carrière littéraire et pendant cette longue vie consacrée aux lettres, sans qu'on puisse relever une seule défaillance, tous ses écrits porteront la marque des idées politiques, sociales et religieuses qu'il veut désormais défendre avec l'enthousiasme de sa nature ardente.

Il obéit alors à une véritable vocation semblable à son frère Léon, ce prêtre qui avait suivi la sienne avec cette foi « qui lui ferait porter légèrement le mont Athos et l'Himalaya » ainsi qu'il l'écrivait à l'époque de son retour aux idées religieuses.

Le Temps, « cette pluie des jours qui tombe sur nous goutte à goutte », loin d'effacer son œuvre l'a rendue plus vivante encore et si Barbey d'Aurevilly pouvait assister au revirement d'opinion qui se produit en faveur de ses écrits, il n'exprimerait plus les regrets que dans la dédicace du *Chevalier des Touches*, il adressait à son père sous une forme touchante, s'excusant d'avoir suivi la carrière des lettres malgré les conseils de ce père dont il voyait encore le charmant portrait d'enfant dans la chambre bleue de sa grand'mère qui le lui montrait ainsi qu'à ses frères pour les engager à lui ressembler. « Au lieu de rester ainsi que vous, planté et solide comme un chêne dans la terre natale, je m'en suis allé au loin, tête inquiète, courant follement après le vent dont parle l'Ecriture... »

La Normandie non plus n'a pas à regretter l'acte d'indépendance de celui qui est et restera l'un de ses plus célèbres enfants.

Quand on lit Barbey d'Aurevilly, la reconnaissance va autant à l'auteur qu'à cette langue française qui sait se plier avec tant de variété et d'éclat à toutes les manifestations de la pensée. L'originalité de Barbey d'Aurevilly, mais c'est le génie même qui se distingue de la masse des écrivains et qui prend son essor, comme l'aigle qui plane au-dessus de tous les êtres ailés.

Qu'importe la critique de littérateurs libres-penseurs ou catholiques, des Pontmartin, des Sainte-Beuve, des Zola et des Brunetière, venus de points si différents et qui se sont rencontrés pour ne pas comprendre la grandeur d'une œuvre qu'ils trouvent paradoxale ou qui ont été guidés par des ressentiments qui ne pardonnent pas ! Ils ne peuvent pas empêcher que Barbey d'Aurevilly n'ait ajouté une page glorieuse à l'histoire littéraire de la France et que son nom vivra tant que ce pays amoureux des belles-lettres admirera la noblesse de la pensée et de langage.